사막에 펭귄이?
허풍도 심하시네

르 피가로 기자가 쓴 지구온난화 뒤집기

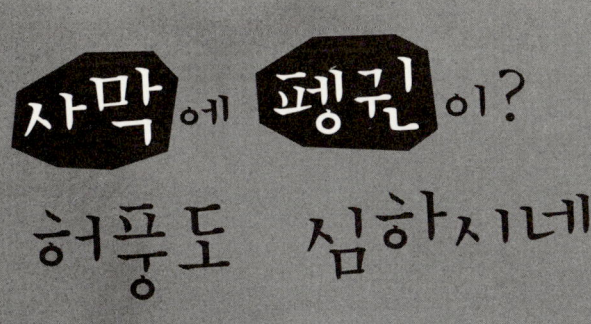

사막에 펭귄이?
허풍도 심하시네

장 폴 크루아제 지음 | 문신원 옮김

앨피
book

500년 만의 더위라고요?

2003년 폭염으로 프랑스에서 1만 5천 명이 희생됐다는 공식 통계는 아직도 쉬이 풀리지 않는 의문을 남긴다. 같은 해 프랑스의 기온을 훨씬 웃돈 이탈리아와 스페인의 공식 사망자 수는 5천 명이 채 안 됐다. 마찬가지로 '역사상 최악의 폭염'을 기록한 벨기에에서는 폭염으로 인한 사망자가 단 한 명도 없었다! 왜? 도대체 왜 폭염으로 인한 피해 규모가 이렇게 나라마다 달랐던 것일까?

우선, 같은 자연재해를 당해도 그 피해 규모는 재해 대비 시스템에 따라 얼마든지 달라질 수 있다. 한 마디로, 2003년 프랑스의 '기후 재해'는 사람의 잘못으로 일어난 인재人災의 혐의가 짙다.

실제로 당시 수많은 노인들이 더위 때문에 숨졌고, 그 시신을 찾아가지 않은 경우가 많아서 나라에서 세금으로 합동 장례식을 치러야 했다. 프랑스 국민들은 시원한 곳에서 피서를 즐기느라 신속한 조치를 취하지 않은 정부와 정치인들을 비난했었다. 이 일을 계기로 프랑스 정부는 2004년에 '노인과 장애인 복지 재원 조달'을 위해 공휴일을 하루 줄이고, 대신 이날 일하여 얻은 소득만큼 기업이 사회에 환원하도록 하는 법률을 제정했다.

그럼 사회 시스템만 문제였을까? 기후 자체에는 문제가 없었을까? 이런 관점에서 다음과 같은 질문들을 던져볼 수 있다.

2003년 프랑스를 덮친 더위는 전유럽에 걸쳐 똑같은 것이었을

2003년 8월, 사상 유례 없는 폭염이 유럽을 덮쳤다.

섭씨 40도를 웃도는 살인적인 더위였다. '500년 만의 최고 기온'이라고 했다. 이로 인해 프랑스·독일·스페인·이탈리아·영국 등 유럽 8개국에서 무려 3만 5천 명이 숨졌다는 보도가 나오고, 알프스 산맥의 만년설이 녹으면서 눈사태 위험으로 등산로가 통제되기도 했다. 기상 전문가들은 최근 20년 동안 지구 온도의 상승 속도가 급격히 빨라졌다며 지구 온난화의 위험을 경고했다.

같은 해, 중국과 북미에서는 때아닌 폭우로 홍수가 났으며, 일본 등은 이상 저온 현상을 겪었다. 한국은 초속 60미터의 순간 최대 풍속을 몰고 온 태풍 '매미'로 130명의 인명 피해와 4조 7천여 억원의 재산 피해를 입었다.

까? 똑같은 폭염이 전유럽을 골고루 달궜던 것일까?

이후 쏟아져나온 각종 뉴스들은 하나같이 이 재해를, 온실효과가 부른 극적이며 불가피한 결과로 결론지었다. 그러나 사실상 그 명확한 증거는 없으며, 유난했던 2003년의 폭염이 지금까지 '한 번도 본 적이 없는' 것도 아니었다. 그럼 앞으로 지구온난화가 급속도로 진행되리라고 단정하는 그 근거는 무엇인가?

'비정상적인' 날씨란 없답니다

2003년 유럽을 달군 기후 재해의 실상은 이렇다.

폭염은 대여섯 개 나라에서, 그것도 상당히 제한된 지역에서만 나타났다. 피해를 입은 지역의 전체 면적은 서유럽 전체의 절반을 넘지 않았다. 폭염은 프랑스 같은 일정한 나라와 지역을 강타했고, 파리에서 불과 300킬로미터밖에 떨어져 있지 않은 벨기에는 전혀 피해를 입지 않았다. 반면, 파리에서는 8월 4일과 12일 사이에 집중적으로 수천 명의 사람들이 더위 때문에 숨졌다. 다소 '선별적인' 온실효과였던 셈이다.

실제로 기후가 작용하는 방식을 연구해보면, 폭염이란 것은 비록 상당히 드물긴 해도 과학자들이 '자연적 불안정성'이라고 부르는 '예측 가능한' 자연현상의 일종임을 알 수 있다. 물론 이

기록적인 폭염을 기록한 2003년,
프랑스 니스 해변의 여름 풍경

섭씨 40도를 웃도는 이 더위로 프랑스에서만 1만 5천 명이 희생됐다. 전문가들은 이 더위를 온실효과와 연결시키며, 지구온난화 위험을 경고했다. 실제로 현재 지구 대기의 기온은 약간 상승하고 있다. 그러나 이 더위는 비정상적인 기후 재해가 아닌, 과학자들이 '자연적 불안정성'이라고 부르는 '예측 가능한' 자연현상이었다.

불안정성에 직면하여 프랑스 사회는 속수무책으로 당하기만 했고, 벨기에는 안정적으로 대처했다는 점에서 사회적 혹은 정치적 차이가 나타났다. 프랑스 정치인들에게는 이 예외적이고, 예측 불가능한 기후의 불순함이 사회 시스템의 문제를 덮어주는 좋은 구실이었다.

하지만 우리가 살인적인 폭염에서 얻은 교훈은 이것이 아니다.

이제부터 우리가 생각해야 할 문제는, 기후 변화를 둘러싸고 현재 과학자와 생태학자들이 주도하고 있는 담론의 적절성 혹은 진실이다. 이 '과학적 예언자'들은 우리 인류의 욕망과 무지 때문에 '대재앙'이 도래하고 있다고 입을 모은다. 온실효과가 전세계적으로 산업화에 골몰하고 있는 인류를 '벌하기' 위해 지구의 '걸쇠'를 다시 닫아 걸고 있다는 것이다.

"2003년의 폭염은 비정상적인 것이었습니까?"라는 질문에, 그들은 "그렇다."고 답한다. 그러나 이는 거짓말이다.

당시 최고 기온이나 여타 기후 상황도 예외적이지 않았다. 프랑스를 예로 들어보면, 지역별로 최고 기록이 갱신된 것은 사실이다. 정확히 70여 곳에서 최고 기온을 기록했다. 그러나 정점은 깨지지 않았다. 지금까지 프랑스에서 관측된 최고 기온은 1923년 8월 23일, 툴루즈 지역에서 측정된 섭씨 44.1도이다. 다시 말해 과학자들이 말하는 '자연적 불안정성'의 극단적 증거는, 어느 누구도 온실효과나 인위적 대재앙을 입에 올리지 않던 80여 년 전에 이미 나타났다.

정말 허풍도 심하시네요

이제 "하늘이 무너지면 어쩌나……." 따위의 막연한 두려움은 잠시 접어두자. 그보다 먼저 기후가 무엇이고, 어떻게 변해왔는지 같은 실질적인 문제로 관심을 돌리자. 물론 그렇다고 인위적인 재앙의 가능성이 아예 없다거나, 환경 보호 문제를 소홀히 하자는 얘기는 아니다. 다만 그 위험이 다소 과장돼 있다는 것이다.

사실, 20여 년 전부터 대기의 기온은 전반적으로 상승하고 있다. 그러나 이 사실을 인정하는 것과, 지구라는 행성 전체가 벌겋게 달아오르고 있다고 외치는 것은 분명 다르다. 이 문제를 가장 객관적으로 말하는 태도는, "현재 지구 대기의 기온이 약간 상승하고 있다."고 차분하게 인정하는 것이다. 산업화로 인한 오염이 거의 없었던 과거에도 지금과 비슷한 이상 기후 현상이 여러 차례 되풀이해서 나타났었다는 사실까지 포함해서.

그러면 자연스럽게 이런 의문이 들 것이다.

현재 지구를 둘러싼 대기의 온도가 약간 상승하고 있다면, 이것이 우리에게 끼칠 해로움과 이로움은 무엇일까? 여전히 잠재적인 위협으로 남아 있는 지구온난화에 제동을 걸기 위해, 어떠한 '현실적인' 노력을 해야 할까?

그리고 한 가지 더!

10년 후, 어쩌면 100년 후에 닥칠지도 모르는 '미래의 재앙' 때문에, 내일 당장 먹고살 문제를 고민해야 하는 대다수 지구촌 사람들에게 더 큰 고통을 강요해도 되는 걸까?

 차 례

기상 이변, 아니랍니다

1
계절은 어디로 사라졌을까?

매년 찾아오는 기후재해라는 '손님'

"이제 계절이 따로 없어요."

요즘 사람들이 만나면 흔히 건네는 인사말이다.

날씨가 화창하네, 비가 많이 오네, 날이 덥네 등등의 날씨 얘기는 만나서 딱히 할 말이 없을 때, 사람들이 주고받는 일종의 사회적 관례 같은 것이다.

또 날씨 얘기는 주로 어린 시절과 관계된 아름다운 추억을 떠올릴 기회를 준다. 날씨 얘기를 하다 보면 어느새 정치나 축구, 심지어 섹스 얘기보다도 더 많은 이야기가 꼬리에 꼬리를 물고 이어진다. 내일 날씨가 이렇다더라, 기상청 예보가 어떻더라, 날씨 때문에 뭘 못한다……. 본격적인 수다에 앞서 이렇게 좋은 얘깃거리도 없다.

예전과 달라진 점이라면, 이제는 날씨 그 자체보다도 날씨의 '이상 변화'가 주요 화제가 됐다는 것이다.

겨울 날씨가 이렇게 따뜻해도 될까, 봄이 사라졌다, 가을이 너무 늦게 온다, 유례 없는 더위라더라……. 결론은 항상 날씨가 예전에 비해서 어딘가 이상해졌다든가, 어쨌든 겨울에는 춥고 여름에는 더워야 정상이라는 것이다. 이런 대화가 오간 지 벌써 몇 년째인지 모른다. 이런 대화를 통해 우리가 얻게 되는 지혜는, 결국 자연의 위력 앞에서 인간은 무력하다는 것이다.

그런데 문제는 매년 여름과 겨울이면 비슷한 '기후 재해'를 겪으면서도, 그 이듬해가 되면 작년 일은 까맣게 잊고 새로운 재해가 찾아왔다며 목청을 높인다는 점이다. 알다시피, 그 대표적인 분야가 정치계이다.

어? 작년에도 홍수가 났었는데

2003년 12월, 여름의 폭염에 이어 프랑스 마르세유와 랑그독 지방에서 '살인적인 대홍수'가 일어났다. 그런데 2002년 9월에도 똑같은 지역에서 비슷한 재해가 있었다. 프랑스 남동부 지역 대부분과 론 강 유역 저지대, 그리고 세벤 산맥이 폭우에 휩쓸렸다. 정상적인 강수량으로는 6개월치에 해당하는 비가 불과 사흘 만에 쏟아졌다. 이 악천후로 26명이 사망했다.

2003년 9월, 해일과 폭우를 동반한 태풍 '매미'가 한반도를 강타하여 130명이 숨지거나 실종됐다. 추정 손실액만도 6조 원에 이르렀다. 매미의 최대 순간 풍속은 초속 60미터, 1904년 이후 역대 최고였다.

그런데 바로 전해인 2002년 8월에도 비슷한 규모의 태풍이 강원도 지역을 중심으로 몰아쳤다. 강릉에 하루 동안 870.5미리의 폭우가 쏟아졌다. 연 강우량의 62퍼센트가 하루 사이에 퍼부어진 것이다. 이 태풍 '루사'로 246명의 인명 피해와 5조 원대의 재산 피해가 났다.

매년 이런 일들이 일어날 때마다 해당 지역 도지사, 각 부처 장관을 포함한 정치인들은 현장을 찾아 피해 상황을 점검하고, 피해 주민들을 위로하고, 신속한 대책 마련을 약속한다. 이 '유례 없는' 기후 재해에 울분을 터뜨리고, 유감을 표하고, 결국 사람들의 무관심과 부주의가 더 큰 피해를 불러왔다는 결론 아닌 결론을 내놓기는 언론도 마찬가지다.

정치인들의 피해 현장 방문이 마무리되면, 이제 생태학자나 기

2003년 9월, 한국에 큰 피해를 가져온
태풍 '매미'의 위성 사진

매미로 인해 130명의 인명 피해가 나고, 추정 손실액도 6조 원에 이르렀다. 100년 만의
태풍이라고 했다. 이는 바로 전해인 2002년에도 5조 원의 재산 피해를 입힌 태풍 '루사'
찾아왔었다는 사실을 잊은 말이다. 프랑스를 휩쓴 2003년 겨울의 대홍수도, 2002년에
겪은 홍수와 크게 다르지 않았다. 실은 매년 비슷한 재해가 되풀이되고 있지만, 모두 "기
후가 변하고 있다."고만 외치고 있다.

상학자가 어김없이 TV에 등장한다. 학자들은 좀 더 직접적으로, 전지구적인 기후 변화와 이 '인재'를 연결시킨다.

유감스럽게도 불과 1년 혹은 2년 전에도 유사한 재해가 있었으며, 사실은 매년 비슷한 재해가 되풀이되고 있다는 사실을 말해주는 사람은 아무도 없다. 다만 한목소리로 "지구가 이상해지고 있다!" "기후가 변하고 있다!"만을 외칠 뿐이다.

이제 얘기해보자. 2003년 유럽의 대폭염과 대홍수〔우리 나라의 경남 지방을 휩쓴 태풍 '매미'〕, 2002년 프랑스 남동부에 쏟아진 폭우〔우리 나라의 강원도를 강타한 태풍 '루사'〕는 '비정상적인' 기상 이변이었을까? 그렇지 않다. 모두 지극히 '정상적인' 기후 현상이었다.

1992년 9월에도 똑같은 유형의 폭우가 프랑스 보클뤼즈 지방을 덮쳐 52명의 사망자가 났고, 1988년에는 가르 지방에서 주민 12명이 익사했다.〔1991년 한국에서는 태풍 '글래디스'로 103명의 인명 피해가 났고, 1987년에는 태풍 '셀마'로 345명이 숨졌다.〕

이 시점에서 이런 의문이 든다. 줄기차게 기후 변화를 주장하는 이들은 혹시 자신들이 내세운 '기후 대혼란 이론'을 옹호하기 위해, 최근 20년 사이에 연속적으로 발생한 자연현상을 이용하는 것은 아닐까?

방귀와 트림은 억울해

예전부터 프랑스 남동부 지역에서 살아온 사람들은 이렇게 말할 것이다.

"살인적인 가을비는 오래됐을 뿐만 아니라 자연스러운 현상"이라고 말이다. 다만 우리가 종종 집단 기억상실증에 걸려서 이사실을 잊고, 조심하지 않는 것뿐이다. 프로방스나 세벤 등 프랑스의 집중호우 지역에 사는 노인들은 자신들이 겪은 재해를 그부모나 조부모도 똑같이 겪었다고 말한다. 그런데 이 사실을 까맣게 잊고서, 물이 빠져나간 급류 자리에 다시 건물을 짓는 것이다. 이 기억은 1년 후나 10년, 혹은 100년이 지난 어느 날, 그자리에 다시 격렬한 비바람이 휘몰아칠 때에야 비로소 생생히되살아난다.

이렇듯 예측하기 어려운 기후 현상의 위협 아래 놓인 것은 지구상의 모든 나라가 다 마찬가지다. 기후학자들이 '계산한 그발생 빈도란 5년이 될 수도 있고, 극심한 폭염처럼 좀 더 드문자연현상은 100년이 될 수도 있다.

따라서 프랑스 북서부를 흐르는 센 강이나 중앙부를 흐르는루아르 강 중 하나가 앞으로 언제, 어느 때 다시 범람할지는 아무도 모른다. 만약 대서양 기류의 영향으로 루아르 강에 장기간폭우가 계속되면, 그 강물이 중앙 산악지대 북쪽을 덮치지 말란 법도 없다. 실제로 1856년에 비슷한 일이 있었다. 그렇게 되면 투르·앙제르·오를레앙을 비롯한 프랑스의 대도시들이 완전히 물에 잠기고, 막대한 인명과 재산 피해가 날 것이다. 이는 단순한 추정이 아니라, 2000년 11월에 관련 기관이 프랑스 정부에 제출한 보고서 내용이다.

인터넷에 공개된 이 자료에 따르면, 기후적인 측면에서 '불가피한' 이 재해가 불러올 추산 피해액은 대략 10억 유로〔우리 돈으로 1조 3천억 원〕에 이른다. 그런데 이 피해액의 10분의 1만 들이면 범람 위험을 획기적으로 줄여줄 제방 공사를 할 수 있다. 그러나 실천된 것은 아무것도 없다. 당장 제방 공사 예산을 배정하기 어렵기 때문이다. 언제나 그렇듯, 일이 벌어져야 '외양간'을 고치게 될 것이다.

단지 돈 문제 때문만은 아니다. 강에 둑을 만든다고 하면 환경 보호론자들이 들고 일어날 게 뻔하다. 확실하지 않은 위험에 대비하겠다고 유럽 대하〔새우〕의 서식지를 훼손하잔 말인가!

강이 범람하면 1856년의 사망자 3천 명과는 비교도 안 될 만큼 큰 피해가 발생할 것이다. 급격한 도시화로 현재 루아르 강 유역에 거주하는 인구는 무려 1,500만 명에 이른다. 그런데도 정치인들은 기상 이변 운운하며 뒷짐만 지고 있다. 결국 비극의 책임은 일상적으로 자동차를 운전하고, 헤어 스프레이를 뿌리고, 담배를 피우고, 방귀를 뀌고, 트림을 하는 우리들 각자에게 돌아올 것이다.

'100년 만'이라면 100년 전에도?

우리의 기억력은 너무도 짧다. 해마다 '상습 수해 지역'에선 비슷한 이수라장이 벌어져도, TV나 신문에 보도되는 처참한 광경을 한 달 이상 기억하는 사람은 많지 않다. 그럼 텔레비전이 보급되지 않았던 시절에는 어땠을까? 그때도 분명 홍수를 비롯한 각종 자연재해가 일어났을 텐데, 왜 그 사실은 아무도 얘기하지 않는 걸까?

물론 단순 수치를 비교하는 건 어렵지만, 100년 전에도 지금과 유사한 자연재해들이 간간이 일어났다. 독일·오스트리아·슬로바키아·체코 등 2002년에 최악의 물난리를 겪은 나라들은 모두 이 '100년 만의 홍수'에 어쩔 줄 몰라했으나, 문서 기록을 뒤져보면 과거에도 비슷한 재해들이 있었다. '100년 만'이라는 말은 100년 전에도 큰 홍수가 있었다는 말 아닌가?

우린 다만 잊었을 따름이다. 특히 1999년 발생한 각종 자연재해들은 세기말이라는 독특한 시간적 조건 때문에 과대포장된 감이 없지 않다. '세기말적 불안fin-de-siècle mood'이란 개념의 근원지라 할 프랑스의 20세기말은 그 극적인 사례를 제공한다.

1999년 크리스마스 날과 그 다음날인 26일, 두 차례의 격렬한 폭풍우가 프랑스를 휩쓸고 지나갔다. 시속 170킬로미터의 바람이 파리와 근교 가옥의 지붕을 날리고, 나무들을 뿌리째 뽑아냈다. 공포에 질린 사람들은 이 "난생 처음 보는" "상상하기 어려운" "엄청난 불행을 예고하는" 자연의 위력 앞에서 '세기말의 불안'을 느꼈다. 기상 이변, 지구온난화는 앞으로 닥칠 대재앙의 확실한 전조가 되고도 남았다.

 그러나 이런 '대재앙의 전조'들은 20세기 말에만 나타나지 않았다. 시속 200킬로미터를 넘거나 이 수치에 근접한 폭풍은 과거에도 몇 차례 있었다. 1995년 1월 23일만 해도, 스위스 루체른에 시속 215킬로미터짜리 돌풍이 휘몰아쳤다. 스위스와 독일 일부 지역을 황폐화시킨 이 바람은, 세기말의 크리스마스로부터 불과 4년 전에 일어난 일이다.

 1987년 10월, 프랑스 북서부 셰르부르 항에 불어닥친 돌풍은 또 어떻고? 당시 셰르부르 항에는 700여 척의 낚싯배와 유람선이 정박해 있었는데, 바람은 순식간에 배들을 공중으로 띄운 뒤 콘크리트 바닥에 내동댕이쳤다. 그러나 이 어마어마한 돌풍이 얼마만한 세기를 지녔었는지는 영원히 알 수 없게 됐다. 당시 영불해협에 면한 거의 모든 항구의 풍속계가 바람에 뽑혀져 나갔기 때문이다. 다만 마지막으로 측정된 수치는 시속 200킬로미터

나무들을 뿌리째 뽑아낼 정도로
강력한 겨울 폭풍

1999년 크리스마스 때 프랑스에 불어닥친 폭풍은 여느 폭풍과 '달랐다'. 세기말이었기 때문이다. 사람들은 이 엄청난 자연의 위력 앞에 '세기말적 불안'을 느꼈다. 기상 이변을 몰고오는 지구온난화는 앞으로 닥칠 대재앙의 확실한 전조가 되었다.

그러나 불과 4년 전에도 시속 215킬로미터짜리 돌풍이 휘몰아쳤고, 12년 전에도 풍속계 자체를 뽑아내 날려버린 강력한 바람이 불었다.

였다. 이쯤 되면 기후 변화가 1987년부터 시작되었다고 주장하는 사람도 나올 법 하다. 이제부터 본격적으로 기후 역사의 '백미러'를 돌아보자.

옛날에는 온실효과도 없었다는데 왜?

　1953년 2월, 2천 명이 넘는 네덜란드인들이 벨기에·네덜란드·독일 등지를 황폐화시킨 격렬한 폭풍에 목숨을 잃었다. 1999년 크리스마스 기간의 폭풍우로 프랑스에서 80명이 숨졌지만, 50년 전의 비극에 비하면 수치상 비교가 되지 않는다. 1903년으로 거슬러 올라가면, 이해 11월에 가히 자연이 일으킨 '홀로코스트'라 할 만한 대재앙이 영국을 할퀴고 지나갔다. 불과 48시간여 만에 8만 명의 사람들이 기상 재해에 '학살'당했다.

　여기서 다시 2003년의 기후 대재앙으로 돌아가보자. 그 구체

2003년 8월, 섭씨 40도를 웃도는 사상 유례없는 폭염이 유럽을 덮쳤다. 이로 인해 프랑스·독일·스페인·이탈리아·영국 등 유럽 8개 국에서 무려 3만 5천 명이 숨졌다. 기상 전문가들은 최근 20년간 지구 온도의 상승 속도가 급격히 빨라졌다며 지구온난화 위험을 경고했다.

적인 내용은 다음과 같았다.

그러나 이 '기후 재앙'의 원인과 결과에 대한 논쟁은 아직 끝나지 않았다. 한 가지 분명한 사실은 이 재앙이 불가항력은 아니었다는 점이다. 같은 기후 조건에서 프랑스에선 1만 5천 명이 숨졌는데, 벨기에에서는 단 한 명도 죽지 않았다. 이 말은 곧, 적절한 사회 시스템과 대비책만 마련돼 있었다면 '사상 최악의 기후 대재앙'은 막을 수 있었다는 얘기다.

역사 속에는 이보다 훨씬 더 치명적인 전례들이 남아 있다. 18세기 기록을 보면, 1718년과 1719년 여름에 연이어 프랑스를 덮친 혹독한 무더위로 거의 70만 명의 프랑스인이 목숨을 잃었다. 당시에는 온실효과가 뭔지도 몰랐고, 그 현상이 아직 시작되지도 않았다. 그런데도 기후가 심하게 요동쳤다. 이때 유럽은 이른바 '소빙하기'〔빙하기가 끝나고 다음 빙하기가 시작되기 전의 간빙기. 이 시기에는 날씨가 몹시 추워지거나 불규칙해진다. 마지막 소빙하기는 서기 1300~1850년 사이 550년 동안이었다고 알려져 있다.〕라고 불리는 혹한기에서 막 벗어난 상태였다.

이런 사실을 염두에 두고, 이제부터 '진짜' 계절 이야기를 시작해보자.

2
계절은 원래 없었다

"겨울이 사라졌어요"

"내일부터 북부 지방 전역에 지속적인 추위가 찾아오겠으니 주의하시기 바랍니다."

1966년은 아직 기후 개념이 미약할 때였다. 기상청도 없었다. 그런데 이해 1월 3일, 프랑스 국립 기상대는 꽤 '쓸모 있는' 예보를 내보냈다. 이튿날 기온이 급락하니 대비하라는 것이었다.

과연 발트 해에서 일직선으로 불어온 몹시 한랭한 공기가 전국을 강타했다. 북부 지방뿐만 아니라, 파리에도 채 세 시간이 안 되어 20센티미터의 눈이 쌓이고, 기온은 15도나 급락하여 수은주가 영하 10도까지 떨어졌다. 분명 이변은 이변이었으나, 당

1966년 1월, 유럽을 휩쓴 '마지막' 추위

당시 파리와 런던 등의 기온은 정확히 한 달 동안 영하권에 머물렀다. 이변은 이변이었으나,
당시에는 흔한 이변이었다. 이에 비하면 요즘 추위는 아무것도 아니다. 1966년 이후로는
그렇게 길고 강력한 한파가 찾아온 적이 없기 때문이다. 진짜 겨울이 실종된 것일까?
그러나 뒤집어서 생각해보자. 지금의 따뜻한 겨울이 정상이고, 예전의 혹독한 겨울이 '기
상 이변'이었다면?

시에는 흔한 이변이었다. 그런데 1966년 1월에 찾아온 이 한파는 프랑스 북부와 영국, 벨기에를 한동안 얼어붙게 한 '마지막 추위였다.

당시 파리와 브뤼셀, 런던의 기온은 정확히 30일 동안 영하권을 맴돌았다. 이 기간 내내 유럽은 건조하고 얼음장처럼 차가운 한파에 떨어야 했다. 태양이 전날 내린 눈을 미처 녹이기도 전에, 동쪽에서 불어온 살을 에이는 듯한 바람이 다시 그 눈을 얼렸다. 들판과 길가에는 녹다 만 눈들이 곳곳에 쌓여 있고, 강들도 중앙의 좁은 수로만 남기고 모조리 얼어붙었다. 사람들이 그 위에서 뛰어다녀도 될 만큼 강물이 두껍게 얼어서, 수백 척의 수송선들은 몇 주 동안 꼼짝 못하고 있어야 했다.

이때를 기억하는 사람이 보기에 요즘 겨울은 겨울 축에도 못 낀다. 1966년 이후로는 그토록 길고 강력한 한파가 찾아온 적이 없기 때문이다. 세계기상기구(WMO)가 매년 발표하는 기상 관측 통계 역시 매섭고 긴 '겨울의 실종'을 뒷받침한다.

옛날이 비정상이고, 지금이 정상이라면

기후학자들은 1961년부터 1990년까지의 40년간을 최근의 기후 변화상을 가늠하는 잣대라 할 '참조 기간'으로 삼고 있는데,

최근 10여 년간의 지구 기온 상승치는 이 참조 기간의 평균치 15.1도를 0.45도 웃돈다. 그런데 지난 2003년 유럽을 휩쓴 폭염은 최근 10여 년 사이에 발생한 '최악의 폭염' 가운데서 서열 3위에 불과하다. 지금은 거의 잊혀졌지만, 1998년에는 40년간의 평균치를 0.56도나 초과하는 기록적인 폭염이 지구를 달궜고, 2002년에도 평균치보다 0.48도 높은 더위가 찾아왔었다. 한 마디로, 2003년 유럽에서만 3만 명이 넘는 사람들의 목숨을 앗아간 기록적인 폭염은 과장된 감이 없지 않다.

물론 최근 50년간 찾아온 폭염들이 최근 20년 사이에 집중됐고, 혹독하게 추운 겨울이 사라졌다는 주장은 사실이다. 그러나 그렇다고 해서 지구가 지속적으로, 회복하기 어려운 지경으로 따뜻해지고 있으며, 우리 인간이 야기한 오염이 이 지구온난화의 주범이라고 단정하기에는 아직 이르다. 지금 우리는 '지구가 더워지고 있다.'는 대전제 아래 모든 문제를 바라보고 있지만, 이 전제와 부합하지 않는 현상들도 적지 않이 존재한다.

우선, 겨울다운 겨울이 사라졌다는 일반적인 '믿음'부터 검토해 보자. 이 말은 곧 언제부턴가 매서운 추위가 찾아오지 않는다는 뜻인데, 과연 그러한가?

1979년 크리스마스 휴가 직전에 갑작스런 한파가 몰아닥쳐 전 유럽을 꽁꽁 얼게 만들었다. 그로부터 3년 후인 1982년 1월 15

일에도, 영불해협 인근 지역의 가로수와 전신주를 모조리 쓰러뜨리는 폭설과 혹한이 찾아왔다.

✳
✳✳ 폭설과 혹한이 어우러지는 '겨울다운 겨울'은 1999년과 2005년에도 있었다. 1999년 1월에는 미국 중서부 지방에 '20년 만에 찾아온' 최악의 추위와 강풍으로 수십 명이 사망했고, 2005년 3월에는 유럽 전역에 폭설과 '30년 만의 한파'가 이어져 피해가 속출했다. 네덜란드에서는 반세기 만에 최대치인 50센티미터가 넘는 눈이 내리고, 이탈리아 항구도시 제노아 지방에도 폭설이 내려 이 지역 모든 학교가 휴교에 들어갔다. 이탈리아 산악 지역은 기온이 영하 32도까지 떨어졌고, 프랑스에는 예년보다 10도나 낮은 한파가 몰아쳤다. 스위스 서부 지역은 영하 34.4도, 이탈리아 산악지대는 영하 32도를 기록했다. 이 같은 추위로 독일 동부 지역에서는 엄마와 아이 셋이 한꺼번에 동사하는 사고까지 일어났다.

최근 들어 추위보다 '따뜻한 겨울'을 더 걱정하게 된 한국도 예외는 아니다. 2001년 1월 "냉동창고 같은" 혹한이 찾아와 전국을 눈과 얼음의 도가니로 만들고, 서울의 아침 최저 기온이 '15년 만에 가장 낮은' 영하 18.6도를 기록했다. 매년 폭설 피해를 입는 강원 영동 지방에는 2005년에도 '3월에 내린 눈으로는 기상관측 이래 최대치'의 폭설이 쏟아졌다.

진짜 겨울다운 겨울이 실종된 것일까? 춥고 눈이 펑펑 내리는 '진짜 겨울'이 왜 갑자기 '이상 한파'로 둔갑했을까? 지구는 우리가 우려하는 대로 진짜 계속 더워지고 있을까?

물론 1966년의 추위와 그 이후의 추위에는 다른 점이 있다. 1966년 추위는 거의 한 달간 이어졌지만, 최근의 추위는 길어야 일주일이다. 흔히 말하는 반짝 추위가 지나면 포근한 기온이 이어져, '추위의 기억'을 지우고 '따뜻한 겨울'로 끝을 맺는다.

우리의 기억은 짧지만 강렬한 지표들만을 선별적으로 기록한다. 기억과 사실 사이의 거리는 그래서 생겨난다. 우리가 기억하는 날씨와 실제 기후가 다른 것도 이 때문이다. 우리는 요즘 날씨가 예전 같지 않다고 말한다. 과거 겨울은 몹시 추웠고, 여름은 더웠다. 그러나 우리가 기억하는 예전 날씨가 '기상 이변'이었다면? 1966년의 혹독한 겨울이 오히려 극히 예외적인 사례였다면 어쩌겠는가? 비정상적인 기후는 요즘 날씨가 아니라, 우리 기억 속에 담긴 과거의 날씨라면?

진짜 비정상은 변하지 않는 날씨

실제로 그해 겨울은 유난히 추웠다. 비정상적인 기후와 정상적인 기후를 나누는 기준은 사실 통계에 불과하다. 그리고 그 '평균' 날씨란 것도 추위와 더위, 비와 바람, 구름과 햇살, 폭풍과 고요, 홍수와 가뭄 등 대기가 뒤섞이며 만들어내는 변화무쌍한 현실의 일면일 뿐이다. 정작 '비정상적인' 기후는 날씨가 변하지 않을 때이다! 지속적인 날씨란 존재하지 않는다.

따라서 고기압 때문에 오래 지속된 2003년 여름의 폭염이나 1966년 겨울의 집요한 추위야말로 예외적인 경우들이다. '정상적인' 계절에 기온은 돌발 변수 같은 일시적 원인이 아니라, 지리적 원인에 따라 결정된다. 냉기 혹은 열기는 기상 조건의 변화에 따라 각기 다른 지역을 차례대로 지나간다. '기상 조건'이라는 말은 어떠한 자연현상도 포괄할 수 있는 편리한 용어이다. 그날그날 대기 속에 형성되는 고기압과 저기압, 회오리바람 등이 모두 기상 조건에 속한다. 결국 날씨란 끊임없이 요동치는 기상 조건의 변화를 반영하는 하나의 '증상'일 뿐이다.

다시 말거거니와, 원래부터 계절은 따로 없었다! 혹은 아주 드물게 있었다. 우리가 기억하는 계절이란 한동안, 며칠 혹은 몇 주 동안 이어진 특징적인 날씨 덩어리에 불과하다.

이 받아들이기 어려운 사실은 일단 접어두더라도, 기후 변화를 바라보는 우리의 시각이 심각한 불균형에 시달리고 있다는 점은 분명하다. 우린 편파적이라고 할 만큼 '지구온난화 위기설' 혹은 '기후 대재앙설'만 믿고 있다.

그러나 생각해보자. 세상 어딘가에 비가 오면, 또 다른 어딘가는 화창할 것이다. 기상 재해도 그렇다. 이론상 한 지역에서 일어난 기상 재해는 다른 곳에 영향을 미치지 않는다. 따라서 지구 전체가 일시에 동일한 기상 조건에 처해 한꺼번에 요동치는 일은 있을 수 없다.

추운 겨울이 있어서 더운 여름도

이 영원한 기후 변화 원칙은 비단 그날그날의 일기예보에만 국한되는 것은 아니다. 조금만 거리를 두고 지속적인 지구 대기 온난화 주장을 살펴본다면, 일부 기후학자들이 던지는 경고의 상대성을 읽을 수 있다. 그러면 2003년의 폭염이나 20여 년 전부터 관찰되는 동유럽의 '따뜻한 겨울'이 지구 전체로 볼 때에는 일정한 주기를 두고, 한 세기마다 어김없이 나타나고 있는 '정상적인' 현상임을 알 수 있다.

스웨덴과 노르웨이, 이탈리아와 그리스 등 스칸디나비아에서 지중해에 이르는 국가들에서 최근 몇 년 동안 나타난 온화한 겨울 날씨는, 지구의 다른 지역에서 관찰된 평균치보다 훨씬 더 매서운 추위로 상쇄되었다.

예를 들어, 2001년 2월 스웨덴의 달라르나 지방과 러시아 연방정부에서 측정된 영하 44도의 기록적인 수치가 입증하듯 유라시아 대륙 북부에서는 큰 추위가 계속되었다. 2000~2001년 이 지역의 겨울 기온은 '정상적인' 겨울 기온보다 평균 3도 정도 낮았다. 특히 모스크바의 온도계는 오랫동안 영하 20도 근처에 머물러, 12월과 1월에만 400명 이상이 추위 때문에 목숨을 잃었다. 같은 해인 2001년 1월에는 한 달 내내 영하 60도의 혹독한 추위가 시베리아 중앙과 남부 지역에서 관측되었다. 이 추위는 인도의 북부 지방까지 급습하여, 영하 30도까지 떨어진 기온으로 인해 150여 명의 사망자가 발생했다.

캐나다나 미국에서 거의 지구온난화 탓으로 결론 지어진 '비정상적인' 여름 더위 역시 같은 맥락에서 봤을 땐 큰 이변이 아니다. 빨갛게 치솟은 온도계 눈금은 20세기 초반에 비해 훨씬 더 매서워진 최근 30년간의 겨울 평균 기온으로 상쇄되었다. 한 마디로, 연평균 기온에는 변화가 없었다는 말이다.

2002년 크리스마스, 뉴욕에는 강력한 눈보라와 얼어붙을 듯한 추위가 몰아쳤다. 이틀 동안 쉬지 않고 눈이 내렸다. 시간당 적설량이 20센티미터에 이르렀다. 이 눈보라로 20명이 사망하고, 캐나다 퀘벡 지역에서부터 미국 보스턴과 뉴욕 연안에 이르는 방대한 지역의 경제 활동이 마비되었다. 4천 명의 뉴요커들이 거의 일주일 동안 전기 없이 생활해야 했다. 미국인들은 30여 년 만에 유례 없이 혹독한 크리스마스를 보냈다.

그러나 최근 30년 사이에 살인적인 겨울 눈보라는 전보다 더 흔해졌다. 최근만 보더라도 1988년 3월에 몰아친 눈보라로 미국

동부 해안 전체에서 400명이 사망했고, '세기의 눈보라'로 명명된 1993년 3월의 눈보라 때에는 동부 연안 지역의 기온이 영하 30도까지 떨어지며 100여 명의 희생자가 발생했다. 이 최저 기온 기록은 이듬해 1월, 인디애나 주에 밀어닥친 영하 37도의 한파로 바로 갱신됐다. 그리고 1996년 1월, 미 북동부 지역의 6개 주에 '반세기 만의 폭설'이 내렸다. 이어 4년 후인 2000년 극지에서 발생한 우박과 폭풍설[폭풍과 폭설]이 남부 캐롤라이나 지역에까지 몰려들어 뉴욕에 1927년 이후로 한 번도 본 적 없는 50센티미터의 눈이, 워싱턴에는 기상 관측 이래 최대치인 30센티미터의 폭설이 내렸다. 이때 100여 명이 희생됐다.

미국의 기후 주기는 70년

지난 30년 동안, 전문가들이 매번 "유례없다."고 하는 한파로 5천 명의 미국인이 목숨을 잃었다. 그때마다 희생자 가족들은 기상 전문가들 말대로 지구온난화만을 원망해야 했다.

그러나 지구 곳곳에서 일어나는 소위 '기상 이변'들이 지구 전체로 볼 때 일정한 주기를 두고 나타나는 '정상적인' 현상이라는 걸 알았다 해도, 우리의 '쓸데없는 걱정'이 완전히 사라지는 건 아니다. 이젠 다른 차원의 걱정을 해야 한다.

미국 기상청은 최근 발생한 겨울 폭풍 중 가장 격렬했던 2000년의 폭풍이, 그로부터 약 70년 전(1927년)에 일어난 폭풍과 거의 맞먹는 위력을 보였다고 발표했다. 이 말은 곧, 미국의 기후가 70년을 주기로 반복되고 있을지도 모른다는 암시를 담고 있다. 미국은 30년 전부터 기후 변화를 겪고 있는 것이 아니라, 70년 전에 북미 대륙을 덮친 것과 같은 대단히 혹독한 '기상 복귀' 과정을 밟고 있는 것이다!

실제로 1980년대 이후로 미국의 겨울은 더 추워졌고, 여름은 더 더워졌다. 그 절정은 1988년이었다. 당시 미국 중부 지역에서는 몇 해 전부터 시작된 극심한 가뭄으로 흙먼지가 날리고, 들판의 곡식들은 다 타버렸으며, 수천 마리의 가축이 갈증으로 죽어갔다. 미국인들은 1930년대 미국을 휩쓴, 존 스타인벡이 『분노의 포도The Grapes of Wrath』(1939)에서 기록한 최악의 흙먼지 폭풍인 '더스트 보울Dust bowl'이 다시 몰려올지도 모른다는 두려움에 빠져들 수밖에 없었다.

3
과거의 지구온난화

100년 동안 고작 0.6도?

　최근에 겪은 다양한 기상 이변들 가운데에서 정말 '유례없는' 현상을 찾는다는 것은, 불가능하지는 않다 하더라도 상당히 힘든 일이다. 최악이자 최초의 폭설·폭우·폭풍·폭염은 사실 없다. 그 전에 그보다 더하거나, 최소한 비슷한 재해가 이미 있었다. 다만 오늘날 우리는 재해 장면을 TV를 통해 생생하게 목격할 수 있다는 점이 예전과 다를 뿐이다. 아나운서나 기상 캐스터, 시청자들이 모두 똑같이 '지금 눈앞에서 일어나고 있는' 재해의 영상에 압도되어 과거에도 비슷한 일이 있었다는 사실을 잊는다.

　그러나 앞에서도 말했다시피, 지구상 어딘가에 하늘의 분노가 떨어질 때 또 다른 곳에는 '자연의 은총'이 내린다. 예나 지금이나 이 총체적인 '기후 균형의 법칙'은 흔들림이 없다. 최근 30년간 발생한 지구온난화를 공식적으로 수치화한 자료를 봐도, 지난 100년간 지구의 평균 기온은 '겨우' 0.6도 상승했다. 〔한반도의 평균 기온 상승치는 이것의 2.5배인 1.5도이다.〕

물론 문제는 앞으로의 변화이고, 또 0.6도라는 수치를 일상적인 기온의 차원에서 이해해서는 안 된다. 사실, 온도계가 발명된 이래로 세계 도처에서 측정된 '기록적인' 수치들에 비하면 0.6도란 얼마나 미미한 것인가.

1933년 8월 11일, 멕시코 산 루이스에서 측정된 기온은 무려 영상 57.8도였다. 추웠던 걸로 치면, 1960년 남극의 보스톡 소련 과학기지에서 기록된 영하 88.3도가 으뜸이다. 그러나 두 경우 다 재해로 연결되지는 않았다. 이런 수치들은 지구의 어느 한 장소에서 대기가 반응한 당시의 순간만을 나타낼 뿐이다. 또 세계 구석구석에서 일어나는 모든 '이상 기후'가 다 관측·기록되는 것도 아니다.

지구온난화 논쟁의 출발점, 15.1도

1년 동안의 평균 기온을 나타내는 '연평균 기온'은 지구 기후의 양극단을 보여준다. 우선 연평균 기온은 일종의 통계 역할을 하는데, 구체적으로 말해서 1년 중 어느 특정한 때에 닥친 극단을 '지워 없애는' 것이다. 그래서 그 극단이 지나가면, 연평균 기온은 언제 그랬냐는 듯 다시 대기 반응의 평균적인 경향을 나타내게 된다. 우리가 매일 체감하는 온도와 연평균 기온이 동떨어지게 느껴지는 것은 이 때문이다.

지구의 연평균 기온을 산출하기 위해선, 세계 곳곳에 분포하는 1만 여 곳의 기상 관측소들이 측정한 기온을 더한 뒤 그 값을 기상 관측소 수로 나눠야 한다. 이 작업을 365번 반복해야 마침내 지구의 연평균 기온이 나온다. 그러니 이 기온이 우리가 매일 일기예보에서 접하는 우리 나라 혹은 우리 지역의 '내일의 날씨'와는 판이하게 다를 수밖에 없다.

예를 들어, 프랑스의 최근 기후 관련 자료들을 보면 연평균 기온이 영상 11도를 넘지 않는다. 이는 프랑스가 다른 나라에 비해 온화한 기후의 혜택을 입고 있음을 보여준다. 2003년 현재 지구의 연평균 기온은 15.1도로, 바로 이 지점에서 지구온난화 논쟁이 출발한다.

실제로 전문가들이 한 해 한 해의 기후 변화를 측정하는 데 참조하는 자료가 바로 이 지구 전체의 연평균 기온이다. 오늘날 우리가 기후 변화를 두려워하는 것은 지난 30년간 지구 곳곳에서 일어난 기상 재해 때문이 아니다. 문제는 재해가 아니라 기온 상승이다. 1980년 이후로 매년 지구 전체의 연평균 기온은 꾸준히 오르고 있다. 따라서 지난 100년간 지구의 연평균 기온이 0.6도 상승했다는 사실에서 정녕 두려운 대목은, 이 기온 상승이 최근 30년간 집중적으로 일어났다는 점이다. 0.6도란 수치가 우리에게 두려움을 불러 일으키는 이유가 바로 여기에 있다.

어찌 보면 미미하기 그지없는 이 0.6이란 숫자는, 최근 생태계뿐만 아니라 정치계까지 두려움에 빠뜨리고 있다. 이 시점에서 소위 '전문가'들에게 묻지 않을 수 없다. 먼 과거에 일어난 변화들에 비하면 미약하기 그지없는 최근의 기후 변화가, 과거보다 진짜 더 무섭고 위험한 까닭은 무엇인가. 약 2만 년 전에 마지막으로 나타난 대빙하기[지금으로부터 약 200만 년 전에 시작되어 약 1만 년에 끝난 홍적세를 일컫는 말. 이 기간 중에 4~6회의 빙하기와 간빙기가 있었다.] 때에는, 지구 대기의 기온이 현재보다 7~8도나 급강하했었는데 말이다.

오염이 없던 시절에도 온난화가…

지구온난화 주장과 관련하여 혼란스러운 점은 또 있다. 지구의 연평균 기온이 100년 전보다 0.6도 상승했음에도 불구하고, 최근에 발생한 '최악의 더위'는 과거에 비하면 아무것도 아니라는 것이다. 프랑스만 해도 20세기의 최고 기온들은 1950년대 이전에 집중돼 있다. 1923년 8월 23일, 툴루즈 지역에서 측정된 44.1도란 기록도 여전히 깨지지 않고 있다. 당시 사람들은 아직 온실효과가 무엇인지도 몰랐을 뿐만 아니라, 심지어 그 더위에 찰스턴(당시 유행한 2박자 춤)을 추면서도 '너무 더운' 날씨에 만족해했다. "덥지만 별 수 없잖아!" 그때 사람들은 그냥 반쯤 체념하며 열기가 식기를 기다렸다.

오늘날 일어난 진정한 변화는, 이젠 사람들이 이해가 아닌 설명을 원한다는 점이다. 그러나 불행히도 날씨에 관한 한 모든 걸 설명하기란 불가능하다. 날씨 자체도 예측하기 어려울 뿐더러, 각종 문헌 기록을 포함한 우리의 '기억'이 그리 믿을 만한 것이 못 되기 때문이다. 유일하게 확실한 것은, 마지막 대빙하기 이후로 지구의 기후는 현재 진행 중인 온난화보다 더 급격한 방식으로 여러 차례 변화했다는 점이다.

1890년대부터 1910년대까지 측정된 기후 자료는 부분적이기는 하지만 다음과 같은 사실을 보여준다. 지금으로부터 100여 년전, 겨울이면 파리 불로뉴 숲의 얼어붙은 호수 위에서 스케이트 타는 것이 유행하던 당시의 프랑스 날씨는 지금보다 훨씬 더 추웠다. 적어도 유럽(통계 자료로 이용할 수 있는 기후 측정 수치를 사용하고

100년 전, 겨울이면 스케이트장으로 변했던
파리 불로뉴 숲

당시 유럽의 날씨는 지금보다 훨씬 더 추웠다. 평균 기온이 지금보다 1도 낮은 14도 정도였다. 그러던 것이 1910년 이후 30년 사이에 0.4도나 급상승했다. 그런데 1940년대 들어 1970년대 중반까지 기온은 다시 급강하했다. 이렇게 볼 때, 1980년대 초 이후로 현재까지 다시 지구 전체의 기온이 상승한 것을 꼭 '기상 이변'으로 규정할 이유가 있을까.

있있던 유일한 대륙)에서는 전반적인 대기의 기온이 현재의 15.1도보다 1도 정도 낮았다.

　그런데 그 아름답던 시절의 추위 이후로, 대기의 온도는 1980년대만큼이나 빠르게 상승 곡선을 그렸다. 1910~1940년대 초 사이에 무려 0.4도나 상승했다. 이어서 정확한 이유는 알 수 없으나(당시엔 대기 오염 같은 걸 의심할 수 없었기 때문에), 1940년대 들어 '빙하기' 같은 혹한이 찾아왔다. 이 추세는 유럽의 전반적인 기온이 1940년 당시에 비해 0.6도 하락한 시기인 1970년대 중반까지 이어졌다. 그리고 1980년대 초 이후로 다시 지구 전체의 대기는 0.6도 더워졌다.

2부

지구는 언제나 따뜻했답니다

4
우리가 아는 것은 최근 150년뿐

예수가 태어난 날의 날씨는 어땠을까

대기 오염을 두려워하고 그 결과를 예측하려고 애쓰는 것은, 비록 그것이 실제로 오염을 줄이지는 못해도 마땅히 해야 할 일이다. 문제는 날씨가 예측하기 어렵게 급변할 때마다, 20년 만의 폭풍이 휘몰아치고, 유례없는 폭염이 찾아올 때마다 그것을 기후 재앙의 징조로 여기는 태도이다. 수많은 과학적·통계적·역사적 자료들은 이러한 막연한 불안감이 근거 없는 것임을 보여준다.

비정상적인 기후에 직면해서 우리가 그토록 쉽게 드러내는 불안과 회의는, 그것이 정보가 되었든 일회용 면도기가 되었든 간에 뭐든지 즉석에서 소비하려는 현대인들의 조급함과 연관돼 있

다. 그러나 기후 문제에서만큼은 우리 현대인들에게도 변명 거리
는 있다. 옛날에도 지금과 같은 기후 변화가 있었는지 어쨌는지
보여주는, 기상학적으로 명확하게 수치화된 자료가 없다는 사실
이 우리의 두려움을 가중시키고 있는 것이다.

사실 그러하다. 고대 로마나 뤼테시아[파리의 옛 이름] 시민들이
어떤 기후 변화를 겪었는지 누가 아는가. 예수가 탄생한 것으로
추정되는 날에 북미의 세미놀 인디언족이 사는 지역의 날씨는
어땠을까. 또 당시 팔레스타인의 기후 조건은?

굳이 이렇게 먼 옛날로 돌아갈 것도 없다. 우리는 초기 산업시
대 이전에 세계 각국의 날씨가 어땠는지도 전혀 알지 못한다.
1800년 1월 1일에 런던에 눈이 왔는지, 아니면 비정상적으로 따
뜻한 햇볕이 내리쬐었는지 누가 안단 말인가. 기후에 관한 한
선도국이라 할 연합왕국[공식 명칭은 '그레이트 브리튼과 북아일랜드 연합
왕국'. 잉글랜드와 스코틀랜드, 북아일랜드를 총칭하는 명칭이다.]이 수도 런
던에 제대로 된 기상관측소를 세운 것은 그로부터 50년도 더 지
나서였다.

1854년 12월 14일, 영국은 세계에서 제일 먼저 정부 안에 기
후 부서를 두었다. 1853년 8월, 유럽 주요 국가들이 모여 각국의
관측 내용을 서로 주고받기로 한 최초의 '국제기후회의'가 열린
지 1년쯤 흐른 뒤였다. 그러나 당시에는 전화는커녕 팩시밀리도

현대화된 기상관측소의 모습

영국이 세계 최초로 과학적인 기상관측소를 세운 것은 지금으로부터 약 150년 전 일이
다. 이는 우리 인간의 기상 관측 역사가 150년에 불과하다는 말이다. 고대 로마나 팔레
스타인의 기후 조건은 말할 것도 없고, 1800년대 초기의 날씨가 어땠는지도 우리는 모른
다. 과거의 날씨를 보면 미래의 날씨가 보일 테지만, 현재로선 미래의 날씨를 예측하기
어렵다. 기상학자들은 "고문서를 해독해낸다면, 현재의 기후 논쟁 양상이 바뀔 것"이라고
말한다.

없었기 때문에, 기후 정보를 기호로 바꿔 분석실까지 전송하는데 애로 사항이 많았다.

그런데 1854년 바로 그날, 프랑스 함대가 흑해에서 격렬한 폭풍을 만났다. 30여 척의 선박이 침몰하고, 400명의 해군이 목숨을 잃었다. 이로 인해 프랑스는 영국을 상대로 한 크림전쟁에서 막대한 손실을 입었다. 나폴레옹 3세는 전략가들조차 예측하지 못한 이 '기후 전투'의 패배에서 중요한 교훈을 얻었다. 그리하여 천문학자 르 베리에Urbain-Jean-Joseph Le Verrier를 즉시 불러들여 날씨 예측 장치를 만들도록 했다. 이렇게 해서 르 베리에는 폭풍의 생성을 감지하고, 그 이동 경로를 예측하는 기후 분석 분야의 선구자가 되었다. 그리고 이듬해인 1855년 2월 17일, 프랑스 최초의 대기 감시 체제가 발족하였다.

이렇듯 과학적·방법론적인 대기 반응 관측법은 군사 전략적인 목적에서 처음 개발되었고, 그나마 개발된 지도 150년이 채 안 되었다. 진정으로 지구적인 수준, 즉 세계 도처에 관측소가 세워져 각 관측소에서 측정한 데이터들이 체계적으로 관리된 것은 훨씬 더 나중의 일이다. 세계기상기구(WMO)도 1951년 3월 17일에야 창설되었다.

과거 날씨 보면 미래의 날씨 보여

최근 150년 동안에도 기후는 기상학자들의 감시망에서 벗어나, 숱한 변덕을 부리며 관측 시스템에 많은 흠집을 냈다. 과거로 더 거슬러 올라가면 기후 관련 통계가 갖는 불확실성은 더 커질 수밖에 없으며, 그 기간이 150년이 넘어가면 어떤 의미 있는 수치도 사용할 수 없게 된다. 이렇게 빈약한 정보량으로 과거의 기상 변동을 파악하기란 상당히 어려운 일이다. 기후의 역사란 측면에서 보면 대단히 짧지만, 인간의 역사로 봐서는 길었던 지난 1세기를 포함해서.

이제는 그나마 최근 수십 년간 축적된 통계와 경험상, 올 바캉스를 날씨 때문에 망쳤다면 내년에는 그럴 염려가 별로 없다는 것 정도는 안다. 그러나 현실적으로 2천~3천 년 전의 고문서를 해독할 길이 없기 때문에, 오래 전 과거와 현재의 날씨를 비교할 방법도 없다.

기상학자들은 "만일 고문서를 해독할 수 있다면, 현재의 기후 논쟁 양상이 바뀔 것"이라고 말하는데, 이는 사실이다. 우선, 기후가 몇 세기 전부터 현재 우리가 목격하고 있는 것처럼 온난해지기 시작했는지 알 수 있을 것이다. 만약 먼 옛날에도 그랬다면, 그로 인해 옛사람들의 생활과 사고방식이 어떻게 변했는지 연구해야 할 것이다. 더 나아가 고문서 속 기후 관련 기록에서 몇 년을 주기로 반복되는 흐름을 발견해낸다면, 앞으로 우리에게 닥칠 변화도 어느 정도 예측할 수 있을 것이다.

비록 문헌을 통해서는 이것이 어렵지만, 대신 우리에게는 과거의 기후 정보를 간직한 역사적·화학적·생물학적 지표들이 일부 남아 있다. 이 지표들은 최근 지구상에서 일어나고 있는 눈에 띄는 몇 가지 기후 변화들을 재구성할 수 있게 해준다. 또한 지난 20여 년간 과학적인 분석 도구의 힘을 빌어 추진된 연구들은 옛날 날씨와 관련한 소중한 정보들을 제공해주었다.

예를 들어, 화석 속에 새겨진 미세한 꽃가루나 수천 년 된 얼음의 원자 구조로 그 연대를 추정해보면 그 옛날 기후 조건이 어땠는지 어느 정도 알 수 있다. 물론 구체적인 날씨까지 수치화하기는 어렵다. 그럼에도 불구하고, 이런 작업을 통해 나온 결과들은 우리의 불안한 마음을 달래주기에 충분하다. 지난 1세기 반 동안에 확인된 변화보다 훨씬 더 큰 기후 변화가 현대 인간이 출현하기 전부터 이미 명백히 나타났으며, 이 변화가 인류의 발전과 진보에 어떠한 해로움도 끼치지 않았던 것이다. 최근 새롭게 부상한 '선사인류학'이라는 학문 역시 지구 기후가 쉼 없이 변해왔음을 입증해준다.

최근 일어나고 있는 '기후 재앙'을 규명하는 가장 바람직한 방법은 이런 여러 가지 과학적·학문적 방법을 동원하여 지구의

역사 전체를 복원하여, 특히 최근 1만 년의 역사를 특징짓는 '유
난히 혼란스러운' 기후의 정체를 밝히는 것이다.

5
태초에 이산화탄소가 있었으니

탄소, 생명을 잉태하다

과학의 발전은 우리의 시야를 먼 과거로까지 확장시켰다. 지구 역사 전체를 보았을 때, 각종 '기후 재해'와 '이변'은 인류의 출현 이전부터 끊임없이 존재해왔다.

최초의 대기 격동은 지구의 탄생 시점으로 거슬러 올라간다. 그것은 생명의 도래를 주관한 움직임이었다. 오늘날 할리우드 영화들에 많은 영감을 주고 있는 이 태초의 격동은, 공통적으로 한 가지 역설 위에 성립했다. 즉, 태초의 공기 속에는 인간에게 해로운 탄소C가 오늘날보다 훨씬 더 많이 함유돼 있었다는 것이다.

태초에 이산화탄소CO_2가 있었다. 지구 생성 직후, 그러니까 약

46억 년 전 지구를 에워싸고 있던 공기에는 탄산가스(이산화탄소를 통칭하여 부르는 말)가 너무 많아서 생명이 발달할 수 없었다. 그러다가 지구가 탄생한 지 거의 5억 년이 지난 뒤, 공기 중에 밀집된 탄산가스가 태양 활동의 증가 때문인지 급격히 감소했다.

이렇게 해서 화학의 기본 원칙 중 하나가 실현됐다. 새로 생긴 것도, 없어진 것도 없이 모든 것이 바뀐 것이다. 이 최초의 기후 변화는 공기를 호흡하기 힘들게 만든 탄소를 아예 없애지는 않았다. 대신, 당시 메마른 토양을 구성하고 있던 광물 속에 탄소를 용해시켰다. 이 획기적인 변화는 근본적으로 다른 과정인 유기화학(유기화합물, 곧 탄소화합물을 다루는 화학 분야)의 진화, 즉 탄소를 함유한 분자들의 집합을 촉진했다.

공기 중의 탄소가 토양과 물속에 녹는 과정이 없었다면, 생명 탄생의 화학식은 결코 작동하지 못했을 것이다. 최초의 살아 있는 세포의 출현은 점점 더 복잡하게 결합한 유기 분자(탄소 원자들이 모여서 만들어낸 분자)들이 모여서 이뤄낸 기적이었다.

바다에서 최초의 세포가 탄생할 때 결정적인 역할을 담당한 것은 공기였다. 당시 굉장한 규모로 새로운 기후 변화가 진행되는 동안, 공기는 생명을 구성하는 다양한 성분들 간의 '결혼'을 중매했다. 이와 동시에 탄소화합물이 대기 중에서 줄어들면서, 비로소 지구는 아주 오랫동안 지속된 끔찍한 더위에서 벗어났다.

그리고 바다는 과학자들이 '원시 수프'라고 명명한 일종의 배양액으로 바뀌었다. 다시 말해, 화학적 교환이 일어나기에 적절한 환경이 조성됐다.

비바람이 DNA를 만들고, 공룡을 만들고

수억 년에 걸친 거대한 '발효' 과정을 통해 점점 더 복잡한 유기화합물들이 만들어졌다. 이 화합물들은 생명을 향한 여정에서 중요한 단계에 도달했다. 생화학자들이 '원시 벽돌'이라고 부르는, 살아 있는 유기체 형성에 필요한 성분들이 출현한 것이다. 이 단계에서 기후는 세찬 비바람이라는 '요술 지팡이'를 휘둘러 주었다. 그리고 지구가 탄생한 지 10억 년이 지난 뒤쯤, 격렬한 비바람이 일으킨 전기 방출은 분자들을 부수었다가 다시 결집시키고, 다시 부수었다가 새로 일으키기를 끝없이 반복했다.

그러던 어느 날, 여전히 그 경위는 알 수 없지만 둥글고 부드럽고 끈적이는 어떤 '물체'가 나타났다. 직경이 10미크론〔100만분의 1미터〕을 넘지 않는, 최초의 살아 있는 세포였다. 이 최초의 유기체는 핵이란 것을 지녔는데, 핵은 유기화학과 맹렬한 기후가 만나서 완성해낸 가장 아름다운 '복제 도구'를 품고 있었다. 바로 이중나선 모양의 '디옥시리보핵산', 곧 DNA였다. 세포의 핵

속에 들어 있는 주요 염색체 성분인 DNA는, 물질을 구성하는 유기체 분자들이 한데 모여 일궈낸 쾌거였다.

태초의 매서운 비바람이 잉태한 이 DNA라는 생명 촉매 물질은, 이후 다른 커다란 기후 격동들을 활용해 발전에 발전을 거듭했다. 특히 약 2억 5천만 년 전에 끝난 고생대 이후로 덥고 추운 시기가 번갈아 이어지며, DNA는 지구 생명의 진보와 다양화에 근본적인 역할을 했다. 최초의 생명체들은 "단 한 번의 머릿짓으로" 물 밖으로 나오지 않았다. 지구 표면에 빙하기가 형성될 때 바다가 빠져나갔는데, 바닷물이 빠진 마른 자리에 이 유기체들이 남았다. 이 상태로 또다시 수십 억 년이 흘렀다. 물론 이 기간에도 생명 탄생에 필수적이라 할 기후 격변과 대기 변화가 이어졌다. 매번 생명은 가장 적응력이 우수한 종족을 선택하며 점차 강해졌다.

마지막으로 닥친 위대한 기후 선택 시기는 지금으로부터 6,700만 년 전으로 거슬러 올라간다. "정말이지, 날씨가 왜 이러는 거야!" 최후의 공룡들은 추위에 쓰러지며 이렇게 부르짖었을지도 모른다.

먼 옛날 지구를 주름잡았던 공룡들의 갑작스런 멸종을 설명하기 위해 20여 가지 가설들이 제기되었다. 운석 충돌설에서부터 대기 속 메탄CH_4가스 함량의 급격한 증가, 여러 세기 동안 태양

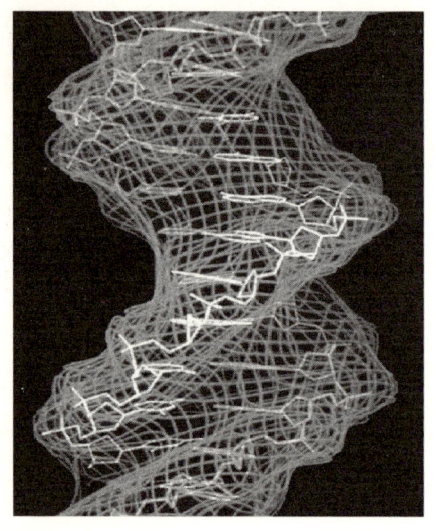

태초의 비바람이 잉태한 '생명 촉매 물질' DNA

지구가 탄생할 때 대기 중에는 이산화탄소가 다량 함유돼 있었다. 그러다 어느 날 갑자기, 이산화탄소는 그 양이 급감하면서 땅속으로, 물속으로 녹아 들어갔다. 이때부터 생명 탄생의 화학식이 작동하기 시작했다. 수억 년에 걸친 유기화합물의 진화 끝에 둥글고 끈적이는 '물체'가 하나 만들어졌다. 가슴에 핵이라는 '복제 도구'를 품은, 이중나선 모양의 디옥시리보핵산DNA이었다.

빛을 가릴 정도로 엄청난 양의 화산재를 만들어낸 대형 지진 등 그 내용도 다양하다. 그러나 이 모든 가설에 공통점이 있으니, 바로 순식간에(아마도 1천 년이 채 안 되는 기간에) 이전보다 훨씬 더 혹독한 기후 조건이 도래했다는 것이다. 파충류인 공룡들의 신진대사는 이 새로운 기후에 적응하지 못했고, 반면 포유류는 신속히 적응했다. 그리하여 포유류의 지배가 시작되었다.

1천만 년 전 아프리카에 일어난 대지진

공룡들이 비극적으로 멸종한 이후의 수천만 년은 적당히 넘어가자. 그러고 나면 또 한 차례의 결정적인 기후 변화가 등장한다. 이 변화의 발단은 약 1천만 년 전 동부 아프리카에서 일어난 지질학적 '사고'였다. 지금의 수단과 에티오피아 국경에서 케냐와 탄자니아 사이의 거대한 호수에 이르는, 남북 약 5천 킬로미터에 이르는 지역을 단구[지반 융기나 수면 강하로 강이나 바다 기슭에 생긴 계단 모양의 지형]로 만들어버린 엄청난 대지진이 발생한 것이다.

이 재난으로 '아파르의 단층', 또는 열곡裂谷[찢어진 골짜기]으로 불리는 단층[지각 변동으로 생긴 지각의 틈을 따라 지층이 아래위로 어그러져 층을 이룬 현상, 혹은 그러한 현상으로 서로 어그러진 지층]이 급작스럽게 생겨났다. 이때부터 제대로 맞물리지 않은 두 개의 판으로 이루

어진 이 아프리카 열곡은, 두드러지는 두 가지 유형의 기후를
아프리카 대륙에 출현시켰다.

아프리카 열곡 서쪽의 날씨는 울창한 숲을 유지시키는 데 적
합한, 몹시 습한 대서양 기후의 특성을 그대로 간직했다. 그리고
이 기후를 유지시키는 서풍이 아프리카 열곡 발치에 새로 생겨
난 곳에 부딪히며 또 다른 기후가 나타났다. 이 새로운 천연 장
벽을 따라 습기를 거의 잃어버린 기단이 발생하여, 수백 미터 위
쪽의 아프리카의 동부 지역을 쓸고 지나갔다. 건조하고 뜨거운
바람은 아프리카 대륙 동쪽의 기후를 급격하고도 근본적으로 변
화시켜, 이 지역의 숲은 비가 적게 내리는 초원지대, 곧 사바나
로 바뀌었다.

기후 변화를 '생각하는' 영장류의 출현

이 국지적인 기후 변화가 인류에게는 근본적인 변화를 가져왔
다. 이 변화로 인해 지금으로부터 1천만 년 전 지구상에서 생물
학적으로 가장 진화한 거주자들이었던 대형 원숭이 파니데스
Panides의 일부가 새로운 변화를 모색하게 되었기 때문이다.

아프리카 동쪽을 점유하고 있던 파니데스는 그들을 보호해주
던 숲을 잃었다. 이제 살아남기 위해서는 두 발로 일어서야 했

다. 일어서서 위험한 포식동물이 어디쯤 있는지 살피고, 물과 먹을 것이 있는 지점을 포착해야 했다.

지난 30여 년간 이뤄진 위대한 고고학적 발견들은 부정할 수 없는 방식으로 이 변화를 확인시켜준다. 우선 열곡의 동쪽에서 가장 오래 된 호미니드hominid〔현생 인류와 모든 원시 인류를 포함하는 사람과科 동물〕 화석이 발견되었다. 수백만 년 전의 호미니드들은 몸을 곧추 세우는 방법을 터득한 동시에, 기후 변화를 맞아 생각하는 방법을 깨친 최초의 영장류였다.

350만 년 정도 된, 자그마하고 가냘픈 오스트랄로피테쿠스 여인 '루시'의 유해는 1973년 에티오피아의 어느 고고학 유적지에서 발굴되었다. 에티오피아의 수도 아디스아바바에서 북동쪽으로 160킬로미터 떨어진 하다르다 지역은, 다른 호미니드 유해들도 다수 발굴된 인류의 기원지다.

우리 인간은 모두 기후 변화의 자손이라고 할 수 있는 것이, 지난 1천만 년 동안 인류의 기원지라 할 아프리카는 유달리 심한 기후 변화를 겪었기 때문이다. 그 대표적인 예가 지금으로부터 600~700만 년 전 절정기를 맞이한 새로운 빙하기의 도래이다. 이로 인해 아프리카 지역엔 대륙 서쪽의 빽빽한 숲들이 거의 통째로 사라질 만큼 매서운 혹한이 수십 만 년 동안 이어졌을 것이다.

당시 열곡 반대편으로 널리 퍼지기 시작한 호미니드들은, 이

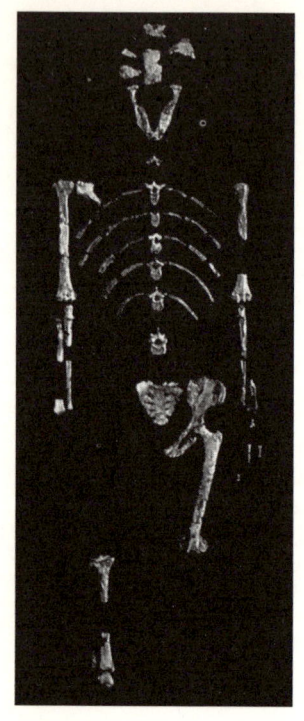

1973년 발굴된 오스트랄로피테쿠스 여인 '루시'의 유해

기후 변화는 인류의 진화에 결정적인 영향을 끼쳤다. 생존에 적대적으로 변화하는 기후 환경 속에서 원시 인류는 '직립 보행'이야말로 자신들이 살아남을 수 있는 유일한 방법임을 깨달았다. 혹독한 기후는 인류에게 직립 보행과 생각하는 능력이라는 두 가지 '선물'을 안겨준 셈이다.

새로운 변화를 맞아 직립보행이야말로 적대적인 환경에서 살아남을 수 있는 유일한 방법임을 깨달았다. 그래서 아프리카 전역에 인간이 생겨났고, 아마 그 뒤에 인간의 지리적 확장에 유리한 더운 시기가 서서히 번갈아 찾아왔을 것이다. 그리고 또다시 찾아온 빙하기는 인간으로 하여금 살아남는 데 필요한 풍부한 상상력을 더 갈고 닦도록 만들었다.

이 광범위한 기후 변화는 지금으로부터 대략 300만 년 전에 있었던 선사시대의 특징이기도 하다. 그 후 지질학적인 차원에서 좀 더 최근에 속하는 180만 년 전, 빙하기와 간빙기〔소빙하기. 빙하시대와 빙하시대 사이에 한때 기후가 온화해지는 시기〕가 교차하는 시기가 시작되었다. 이 시기가 오늘날까지도 이어지고 있다.

이전보다 속도가 더 빨라진 기후 변화의 이 마지막 단계는 특히 인간에게 유리하게 작용했던 것 같다. 이 시기에 루시보다 더 발달한 뇌를 가진 개체들이 출현했다. 예를 들어, 케냐에서는 150만 년 전에 살았던 것으로 추정되는 어린 소년 '아벨'의 유골이 발견되었다.

이 시기가 지난 직후, 최초의 직립보행인 호모 에렉투스가 등장했다. 가장 오래된 호모 에렉투스는 탄자니아에서 발견되었다. 그리고 이어서 모로코에서 그 존재가 밝혀진 네안데르탈인이 출현했고, 지혜로운 사람인 호모 사피엔스 사피엔스가 그 뒤를 이었다.

아직도 그 정확한 경위는 알 수 없지만, 우리 인류는 신석기시대까지 점진적으로 지구 전 지역으로 널리 퍼져 나갔다. 이 시대의 종말은, 대략 지금으로부터 1만 년 전 지구 전체에 동시에 등장한 진정한 최초의 문명의 출현과 일치한다.

6
아틀란티스를 삼킨 해수면 상승

아틀란티스는 왜 사라졌을까

　기후라는 측면에서 볼 때, 오늘날은 아직도 간빙기의 온난한 시기에 속한다. 선사시대에서 신석기시대 말까지, 원사原史시대[선사시대와 역사시대의 중간 시대]에서 역사시대까지, 인류의 역사에서 빙하기와 빙하기 사이의 기간을 뜻하는 간빙기는 다음 발전 단계로 수월히 넘어갈 수 있도록 도와주는 과도기 역할을 했다.

　현 인류의 탄생에 결정적으로 기여한 이 마지막 간빙기 역시 각종 기상 재해와 이변들로 점철돼 있다.[지질시대 구분상 현재는 신생대 제4기 충적세 중 제4간빙기에 속한다.] 물론 과거만큼 위력적이지는 않았지만, 이 기후 변화들은 인류의 진보를 형성하며 인간 존재를 결정적으로 확립시키는 계기가 되었다.

이 가운데 최근에 속하는 1천 년 중세의 '기후 최적기'나 17세기의 소빙하기 같은 '기후 사건'들은 당시의 기록 덕분에 비교적 잘 알려진 편이다. 그러나 지질학적인 면에서 좀 더 오래된 다른 기후 변화들은 잊혀지거나, 세대를 거치며 구전되는 와중에 역사가 아닌 신화로 남고 말았다. 최근 활발히 진행되는 기원전 문명 연구가 사라진 역사를 복구해주길 기다릴 수밖에 없다.

이런 맥락에서 아주 흥미로운 문학작품이 한 편 있는데, 19세기 영국 시인 윌리엄 모리스William Morris가 지은 장장 세 권에 달하는 분량을 자랑하는 장편시 『지상낙원The Earthly Paradise』이다.

이 시는 목가적 풍취가 넘치는 머나먼 과거를 노래하는데, 문제는 이 과거 속 낙원의 존재가 상당히 신빙성이 있어 보인다는 것이다. 그래서 이 낙원의 실종이 아틀란티스의 수수께끼처럼 원사시대의 신비로운 전설을 낳은 모종의 기상 재해와 관련이 있지 않을까 하는 추측까지 나오고 있다. 일부 역사학자나 기후학자들은 이 신화적인 섬이나 대륙의 존재를 사실로 받아들이며, 이를 성경 속 '에덴의 정원', 즉 천국과 연결지어 생각하기도 한다. 에덴의 정원도 대홍수로 파괴되었을지 모른다는 것이다.

전설에서 역사로 되살아난 아틀란티스

인간이 기록한 최초의 대홍수 이야기라 할 구약성서 속 '노아의 방주' 이야기는 기후 변화 가설에 힘을 실어주는 사례로 얘기된다. 노아에게 닥친 대홍수처럼, 기원전 9000년~1만 년 사이에 기후 대격변이 일어나 아틀란티스 섬을 수장시켜버렸을지도 모른다는 것이다.

아틀란티스 전설이 나타난 것은 지금으로부터 6천 년도 훨씬 전인 고대 이집트로 거슬러 올라간다. 그러나 이 전설에 기품 있는 문학적 무게를 부여한 것은 이보다 한참 뒤인 그리스 시대 플라톤에 이르러서이다. 플라톤은 기원전 4세기에 『티마이오스 *Timaios*』와 『크리티아스*Kritias*』라는 철학서에서 "리비아와 소아시아를 합쳐놓은 것보다 더 큰" 섬이 헤라클레스의 기둥 맞은편, 즉 지브롤터 해협 너머에 위치했을 것이라고 아틀란티스 섬의 존재를 언급했다. 최근 나온 가설들에 따르면, 아틀란티스는 아라비아 반도의 예멘과 동아프리카의 소말리아 사이에 있는 아덴 만의 홍해 해협 맞은편에 있었을지도 모른다고 한다.

물론 이 섬과 그 문명에 관한 상세한 역사적 기록이 없기 때문에, 여러 세기를 거치며 가설만 잔뜩 생겨났다. 어쩌면 아틀란티스는 북아프리카의 카나리아 군도나 크레타 섬, 버뮤다 삼각지대(바하마의 비미니 섬 근처), 또는 멕시코나 남극 대륙에 위치했을

기원전 1만 년 전, 아틀란티스는
해수면 상승으로 가라앉은 것이 아닐까?

아틀란티스를 수장시킨 것은 당시 일어난 기후 대격변이라는 주장이 제기되고 있다. 최근 등장한 연대추정법에 따르면, 실제로 1만 4천 년 전에 북반구 전체에 급격한 기후 온난화가 시작되었다. 불과 1천 년 사이에 극도로 더운 기후가 유럽에 찾아왔고, 그 결과 매년 몇 미터씩 해수면이 상승했다. 만약 이때 이 근처 어딘가에 발달한 문명이 자리잡고 있었다면? 그들은 바닷물이 삼켜버린 도시를 버리고 떠나야 했을 것이다.

수도 있다. 사람들은 사라진 대륙 아틀란티스에 살았던 사람들의 얼굴에 대해서도 무한한 상상력을 발휘하여, 심지어 외계인의 얼굴로 그려놓기까지 했다.

그런데 이 다소 허무맹랑한 해프닝들에도 불구하고, 아틀란티스 전설은 과학의 발달과 함께 점점 더 믿을 만한 이야기가 되었다. '심한 지진과 화산 활동으로 하루 밤낮 사이에 바닷속으로 가라앉았다.'는 줄거리에 대홍수 이야기가 더해지며, 아틀란티스는 노아의 방주 이야기처럼 전설에서 극적인 역사로 그 범주를 넓혀가고 있다.

가능성은 충분하다. 몇 천 년 전, 기후 혹은 지질학적인 격변으로 인해 아시아나 아프리카, 유럽의 어딘가에서 막 꽃을 피우고 있던 진보한 인류 문명이 실종돼버렸다는 이야기는 실제 역사 속에도 남아 있다. 역사적으로 입증된 최초의 비극은 이라크와 흑해 사이의 어느 지역에서 마지막 대빙하기 직후, 그러니까 2천 년쯤 전에 있었다.

이런 결론을 가능하게 한 것이 1990년대에 등장한 연대추정법이다. 이 방법은 어떤 물질의 침전물을 가지고서 그 연대를 추정하는 것인데, 침전물 속에 들어 있는 꽃가루 분석법과 짝을 이루어 대단히 정확한 추정치를 내놓는다고 알려져 있다. 이 추정법에 따르면, 지금으로부터 약 1만 4천 년 전에 북반구 전체에서 급격한 기후 온난화가 시작되었다.

그런데 그로부터 2천 년이 흐른 뒤, 갑자기 이유는 알 수 없지만 이 뜨거운 열기가 자취를 감추었다. 그리고 최근에 '드리아스Dryas'라고 명명된 빙하기가 1천 년 이상 이어졌다. 이전의 온난화 때 40미터 이상 높아진 해수면은, 그러나 드리아스기 때에도 별로 낮아지지 않았다.

'노아의 홍수'가 실은 해수면 상승?

지질학적인 차원에서는 짧고 별것 아니었지만, 처음으로 사회란 것을 이룬 인간의 처지에서 보면 극적이었던 이 기후 사건은 3,500년 전에 시작된 격렬한 기온 상승에 자리를 넘겨주었다. 그리하여 1천 년이 채 안 되는 사이에 오늘날의 더위와는 비교도 안 되는 극도로 더운 기후가 유럽에 자리잡았다. 계절풍은 북아프리카까지 세력을 확장하여, 당시까지만 해도 푸르른 정원이었던 사하라 지역을 더 비옥하게 만들었다.

바다의 수위는 다시 높아졌다. 지중해가 터키의 보스포러스 해협을 넘어, 당시 메소포타미아 근처의 대단히 비옥한 대평야 한가운데 위치한 평범한 호수였던 흑해를 채울 때까지. 어느 누구도 당시 그 지역에 누가 살았는지는 알지 못한다. 그러나 100년 동안에 걸쳐, 매년 몇 미터씩 해수면이 상승한 것만은 분명해 보인다. 이 정도 속도면 지금의 프랑스 파리가 30년 뒤 영불해협 가장자리에 놓이게 된다.

여기서 한번 이런 상상을 해보자. 나중에 흑해로 변하는 이 호수의 가장자리에 어떤 문명이 제국을 세웠었다면? 아마도 그 문명 사람들에게 해수면 상승은 천재지변이었을 것이다. 비록 바닷물이 갑자기 솟구쳐 오르지는 않았겠지만, 해수면은 매일매일 가혹하게 높아졌을 테니까. 불과 몇 십 년 사이에 그들은 바닷물이 삼켜버린 도시를 버리고 달아나야 했을지도 모른다. 그 재앙이 혹 노아가 살았던 땅을 삼켜버렸다는 '대홍수'와 같은 충격을 던져주지 않았을까?

노아의 이야기를 과학적으로 추정해보면, 당시 노아가 살았던 지역에 온난화가 찾아왔고, 이 온난화는 상당히 잦은 열대성 큰 비와 함께 격렬한 비바람을 동반했던 것이 틀림없다. 당시 사람들에겐 흑해의 해수면 상승이 대홍수만큼이나 무시무시한 강수의 일종으로 보였을 것이다. 이 위기에 직면하여 가축들을 최대한 방주에 태워, 수면 위로 솟아 있는 산악지대로 데려가 같이 살아남은 '지혜로운 인간'을 불멸화할 정도로 말이다. 실제로 선견지명이 있는 '농부'였던 노아가 지금의 터키 동부 아르메니아 고원에 있는 아라라트 산에 가지 말란 법도 없다.

아라라트 산에서 '노아의 방주' 흔적이 발견되었다는
1960년 《라이프》지 기사(왼쪽)와 아라라트 산(오른쪽)

인간이 기록한 최초의 대홍수 이야기라 할 구약성서 속 노아의 이야기는 기후 변화 가설
에 힘을 실어주는 대표적 사례이다. 노아가 살던 지역에 온난화가 시작되며, 잦은 열대성
큰비와 격렬한 비바람을 동반한 해수면 상승이 이어졌다는 것이다. 당시 사람들 눈에는
흑해의 해수면 상승이 대홍수로 비쳐졌을 것이고, 노아의 방주는 수면 위로 솟아 있는 아
라라트 산에 닿았을 것이라는 주장이 과학적 설득력을 얻고 있다.

지구 전체를 휩쓴 이 마지막 기후 대온난화는 인류가 세계 곳곳으로 뻗어나가는 것을 도왔을 것이다. 이런 추측이 과학적인 근거를 얻으며, 지금까지 신화의 영역에 머물던 고대 전설들을 새롭게 조명하는 작업이 활발해지고 있다. 그런데 지금으로부터 2,400년 전, 플라톤은 "이전에도 지상에 숱한 대홍수가 있었는데, 어째서 단 한 차례의 대홍수만을 기억하는가?"라며 불만을 터뜨렸다. 이는 1만 4천 년 전 마지막 빙하시대를 벗어나는 과정에서 '노아의 홍수' 같은 비극이 또 있었을지도 모른다는 의문을 갖게 한다. 인류의 초기 문명들을 재검토해야 할 이유가 여기에 있다.

1만 년 전 물속에 잠긴 고대 문명

최초의 문명들은 기원전 8000년경, 유럽과 아시아의 경계에 있는 메소포타미아에 '우르Ur'라는 도시가 출현하면서 탄생했다고 한다. 그런데 최근, 우르 이전에도 대단히 진보한 사회들이 존재했을지도 모른다는 가능성이 제기되고 있다.

2001년, 인도 북서쪽 연안의 캠베이 만 바닷속에서 거대한 도시 유적 두 곳이 발견되었다. 뉴델리의 국립해양기술원(NIOT)이 찾아낸 이 유적들은 불과 수심 40미터 속에 잠겨 있었다. 지리적으로 이 유적들의 위치는 약 8천 년 전에 삼켜진 고대의 두 하천 가장자리에 해당했다. 두 도시는 그 하천의 강둑을 따라 1만 킬로미터 정도 화석화된 채 뻗어 있었다.

이 유적의 발굴은 고고학적으로 큰 의미를 지닌다. 우리가 상상하는 것보다 훨씬 더 오래 전에 사회적으로나 기술적으로 문명화된 사람들이 존재했음이 드러났을 뿐만 아니라, 이 도시 유적들이 수장된 시대를 구체적으로 추정할 수 있게 했기 때문이다. 탄소14 연대측정법〔자연계에 드물게 존재하는 탄소14가 조사 대상물에 얼마나 남아 있는지를 확인해 연대를 추정하는 방법〕으로 건축물 조각과 자기 파편, 분명치 않은 글씨가 남아 있는 판자 조각, 유적지에서 발굴된 유해 일부를 측정한 결과, 이 유적지의 나이는 9천 살 이상으로 드러났다!

이는 인도 문명의 탄생을 무려 4천 년 이상 앞당기는 획기적인 발견이 아닐 수 없다. 사실 4천 년 이상 된 것으로 추정되는 베다〔고대 인도의 신화적 종교의식 문학〕 문헌에는, 약 1만 년 전 지구가 다시 더워졌을 때 물속에 잠겼을 것으로 보이는, 상당히 진보한 문명의 존재가 언급돼 있다. 아마도 원사시대에는 '아틀란티스'가 도처에 있었던 모양이다.

인류 역사에서 기후가 담당한 역할을 보여주는 또 다른 사례는 멕시코에서 발견됐다. 1990년대에 진행된 마야 역사를 재추적하는 고고학 발굴 작업과, 그 이웃한 호수들에서 발견된 침전물의 분석 결과는 두 가지 점에서 서로 일치했다. 마야 문명은 기원전 3000년경 절정기에 이르렀으며, 서기 8세기부터 그 지역에서 일어난 기후 변화로 서서히 쇠퇴했다는 것이다. 구체적으로는 가뭄이 수세기 동안이나 이어졌음이 밝혀졌다. 그래서 유럽인들이 대서양 저편 아메리카 대륙에 상륙한 15세기 무렵에는, 마야인들은 이미 오랜 기근으로 약해질 대로 약해진 상태였을 것이다.

7
날씨가 역사를 바꿨다

옛사람들도 '예전' 날씨를 그리워했으니

그리스, 로마, 켈트······ 우리가 아는 고대 사회 사람들도 "요즘 날씨가 예전 같지 않다."고 투덜댔다. 모두 이구동성으로 예전의 '천국 같은' 날씨를 그리워했다. 지금 우리가 하는 얘기와 별반 다를 바 없었다. 로마나 아테네, 뤼테시아[뤼테스 파리의 옛 이름], 셔우드[로빈 후드가 살았다는 영국 노팅엄 지역명] 숲 속에서나 할 것 없이, 사람들이 저마다 에덴의 정원을 떠올리며 "더 이상 계절이 따로 없다."고 통탄했다는 묘사가 호메로스Homeros 시와 성경, 수많은 켈트족 전설에 등장한다.

천국 혹은 지상 낙원을 뜻하는 '파라다이스Paradise'라는 말은 이보다 더 먼 과거, 기원전 5000년 전 페르시아어에서 유래했다. 고대 페르시아어로 '파이레다자Paire-daza'는 '정원'을 의미했는데, 초기 기독교인들이 이를 원죄 이전에 인간이 행복하게 살았던 서정적인 장소인 '천국'으로 바꾼 것이다. 그리고 한참 뒤, 신약 성서를 거치며 이 말은 망자들을 위한 행복한 장소가 되었다. 16세기에 있었던 성서 재검토 작업에 따르면, 다시 지상의 것이 된 그 낙원은 또 다른 성서적 사건인 '대홍수' 때 물에 잠겼다.

기후적인 측면에서 엄격하게 고찰해보면, 지상 낙원은 실제로 존재했었다는 의견이 우세하다. 아주 먼 옛날, 세상을 뒤흔든 기후 재해의 기억은 갈수록 희미해져 점차 웅장한 묘사의 옷을 입게 되었다. 지상 낙원을 사라지게 한 그 재해는 지금으로부터 수천 년 전 어느 때 일어났다. 기독교 시대를 거치며 전설로 탈바꿈한 이 재난 혹은 기후 변화는 원사시대의 어느 불분명한 시점에 돌발했지만, 그 전개 과정을 확인시켜주는 여러 가지 중요한 단서들이 오늘날까지도 남아 있다.

예를 들어, 당시까지만 해도 현재의 사하라 사막이 아직 비옥한 땅이었음이 밝혀졌다. 태양은 그때나 지금이나 여전히 뜨거웠지만, 다른 기후 조건이 어우러져 생명을 유지시켰고, 지금보다 훨씬 더 규칙적으로 비가 내렸다. 이 지역에서 발견된 꽃가루를 분석해보면, 다음과 같은 결론에 도달하게 된다.

지금으로부터 약 7천 년 전, 마그렙〔모로코·튀니지·알제리를 포함하는 북아프리카 지방〕은 아직 목가적인 지역이었다. 태양의 열기와 규칙적인 비, 그리고 풍부한 식물군은 이 지역 거주자들에게 먹을 것과 번영을 가져다주었다.

당시 이 '낙원'을 파괴한 기후 격변은 오늘날 온난화의 주범으로 지목받는 탄소와 아무런 관련이 없다. 공상과학에 빠져서 아주 먼 옛날에도 우주선을 제작할 만큼 발달한 과학문명이 존재했다고 주장하지 않는 한, 7천~8천 년 전에는 인위적 탄소 오염이 있었을 리 만무하다. 그러나 산업 오염은 없었어도, 온실가스를 비롯한 대기의 움직임이 인간에게 불리하게 바뀌는 것을 막지는 못했다.

기후 변화에서 홀로 살아남은 이집트 문명

이 시기에 닥친 기후 변화는 급격하고도 극적인 특성을 드러냈다. 비옥했던 사하라가 오늘날과 같은 메마른 사막으로 바뀌었고, 아프리카와 아시아·유럽 사이 어디쯤에 만들어졌던 인간 사회는 뿔뿔이 흩어지고 말았다. 그리하여 6,500년 전쯤 되자, 지중해 연안지대 밖 북아프리카에서 단 한 곳만이 사람이 살 만한 곳으로 남게 되었다. 바로 나일 계곡이었다. 이곳에서 파라오,

곧 이집트 왕들의 지배가 시작된 것은 우연이 아니었다.

어디에서 왔는지는 모르지만 아마도 사라진 에덴에서 살았을, 유일신 아몬라Amon-Ra〔이집트의 태양신. 신들의 왕〕의 숭배자들은 이 극심한 기후 변화의 생존자들이 아니었을까? 그들은 현재 우리가 알고 있는 제국, 곧 이집트 왕국을 건설했다. 그런데 잘 알려지지 않은 사실 중 하나가, 이 파라오 문명이 로마가 침략하기 이전 4,700년의 통치 기간 동안에 일직선을 그리며 발전하지는 않았다는 점이다.

그 사이에 여러 차례의 기후 변화가 북아프리카 지역을 강타했고, 그럴 때마다 이집트 역사는 문화적으로나 경제적으로 심각한 퇴행을 겪었다. 그리하여 풍요로운 번영의 시기는 몇 세기 넘게 지속된 적이 없었고, 이집트 문명은 수차례 멸망 위기를 맞았다. 당시 파라오들 역시 '예전' 날씨를 그리워했을 것이다.

실제로 고대 이집트는 늘 기후 변화에 따라 성쇠를 반복할 수밖에 없었다. 때로 몇 세기씩 지속된 건기는 기근과 지적 퇴행의 동의어였다. 건기가 지나고, 나일 강의 수량이 증가하는 습한 시기가 되면 새로운 구원의 시기가 찾아왔다. 강물이 운반해준 진흙은 계곡을 기름지게 해서 풍부한 수확을 얻게 했고, 파라오는 이러한 활기에 힘입어 개인적 영광을 추구할 수 있었다.

불과 수천 년 전 북아프리카의 사막화를 유발한 요인이 무엇이었는지, 때로 몇 백 년씩 이어지기도 한 우기와 건기가 무엇 때문에 그렇게 번갈아 찾아온 것인지는 오늘날에도 여전히 수수 께끼다. 다만 그 기원은 '자연스러운' 것 같다. 지난 40년간 사하라 사막 남쪽 가장자리에 위치한 사헬 지역을 서서히 사막화시킨 기후의 힘이 예나 지금이나 작용한 것이다.

이곳에는 약 10년 전부터 다시 비가 오고 있다. 1970~1980년대에 제기된 주장과 달리, 이는 인간의 노력이 만들어낸 결과가 아니라는 것이 최근 연구들을 통해 밝혀지고 있다. 그보다는 1950~1980년대 사이에, 기후 단계로 보면 상당히 짧은 기간 사이에 일어난 계절풍 체제의 변화 때문이라는 추정이 우세하다.

그린란드가 '푸른 땅'이었다고?

이렇듯 과학적으로 규명하기 어려운 과거의 기후 변화들은 앞으로의 기후 변화 예측을 더 어렵게 만든다. 지난 1천 년간의 역사 속에서 관련 기록들을 다 뽑아내어 도표로 작성한다 해도, 앞으로 닥칠 10년간의 기후 변화를 예상하기 어렵다.

다만 단편적이기는 해도 일부 증언과 구전, 기록, 고고학적 혹은 생물학적 흔적들이 제공하는 몇몇 정보들은 과거의 몇 가지 놀라운 '기후 사건'들을 재구성하게 도와준다. 특히 중세나 르네

상스 시대의 기록은, 비교적 최근에 일어난 기후 사건들에 대한 일종의 단서를 제공한다. 이 가운데 성마른 기질을 지녔던 바이킹 대장 '에릭 더 레드'의 이야기는 의미심장하다.

에릭은 서기 980년에 여러 명의 경쟁자를 죽이고 노르웨이 왕국에서 추방되었다. 그는 아일랜드에 정착하지만, 여전히 성질을 못 이기고 몇 년 후 다시 몇 차례의 살인극을 벌인 뒤 더 먼 곳으로 추방당했다. 에릭은 일행과 함께 해적선을 타고 자신의 진정한 왕국을 세울 처녀지를 찾아 서쪽으로 떠났다.

이렇게 떠났던 에릭이 몇 년 뒤 교역을 하겠다며 아일랜드로 돌아왔다. 그러고는 자신이 비옥한 처녀지를 발견했고, 그곳에 '푸른 땅Green Land'이라는 이름을 붙였노라고 선언했다. 에릭이 정착한 땅, 그가 농업과 목축으로 자급자족하는 자율적 식민지를 건설한 그 땅이 바로 그린란드이다.

오늘날 북아메리카 북동부 대서양과 북극해 사이에 있는 이 세계 최대의 섬을 뒤덮고 있는 것은 영원히 녹지 않을 것 같은 얼음이다. 그런데 이 얼음의 동위원소를 분석한 결과, 놀라운 사실이 밝혀졌다. 1천 년 전에는 이 땅에서 염소와 말들을 방목하기에 충분할 정도의 풀이 자랐다는 것이다. 뿐만 아니라 과학자들이 화석화된 꽃가루 성분을 분석해보니, 12세기 초까지만 해도 그린란드의 여름 기온이 곡식들을 경작할 수 있을 만큼 높았던

중세 때 일어난 '기후 사건'으로 완전히 모습이 바뀐
그린란드의 현재(왼쪽)와 과거(오른쪽)

대서양과 북극해 사이에 있는 세계 최대의 섬 그린란드는 본래 이름 그대로 '푸른 땅'이었
다. 11세기 초, 바이킹 대장 에릭이 이곳에 농업과 목축을 주로 하는 식민지를 건설했다.
실제로 꽃가루 성분을 분석한 결과, 12세기 초까지만 해도 그린란드는 곡식을 경작할 수
있을 만큼 온난한 지역이었음이 밝혀졌다. 그런데 13세기 말에 이르러 기온이 급격히 내
려가서 오늘날의 얼음섬이 되었다.

걸로 드러났다.

그린란드 남동쪽 연안의 피요르드 지역에서 발견된 100여 곳의 농가 유적은 에릭의 식민지가 어느 정도 규모였는지 보여준다. 에릭이 정착한 지 거의 한 세기 만에 그린란드는 무수한 사람들이 찾아와 아일랜드와 스칸디나비아를 상대로 짐승 가죽과 목재를 철·잡화·식료품 등과 교환하는 무역 활동의 요충지가 되었다.

그러던 중 13세기 말~14세기 초에 이르러, 지구 북쪽에 위치한 이 지역의 기온이 눈에 띄게 내려갔다. 처음에는 겨울이, 그 다음에는 여름이 극도로 혹독해졌다. 경작지가 다 사라질 정도였다. 얼음 때문에 아일랜드에서 오는 선박들이 그린란드 식민지에 필수품을 공급할 수 없게 되면서, 그린란드인들은 불과 몇 십 년 사이에 추위의 조난자들이 되고 말았다. 이 비극적 기후 사건에서 살아남은 사람들은 1346년 여름, 마지막으로 도착한 아일랜드 배를 타고 유럽으로 돌아갔다.

노르웨이 선박이 그린란드 연안에 다시 모습을 나타낸 것은 15세기 초였다. 끝내 섬에 남겠다고 고집을 부렸던 몇몇 사람들은 이미 종적을 감춘 뒤였다. 남은 것이라고는 얼어붙은 인적 없는 폐허들뿐이었다. 지난 몇 십 년 동안 이 지역에서 진행된 고고학 발굴 작업에서, 비정상적으로 키가 작고 구루병에 걸린 사람들의 유해가 발굴되었다. 아마도 이곳으로 돌아온 에스키모들과 한데 섞이기를 거부한 탓에, 한 세기가 채 안 되어 지금의 모습이 되어버린, 굶주림과 추위, 체력 감퇴로 그린란드에서 사망한 에릭 더 레드의 후예들일 것이다.

중세 유럽을 휩쓴 혹한·대홍수·기근

또 다른 기후 사건은 중세 유럽의 역사 속에서 찾을 수 있다. 당시 유럽에는 300년 넘게 더위가 이어지다가 느닷없이 온화한 기온이 돌아왔다. 그런데 그 직전, 매서운 혹한이 막바지에 이른 중세 유럽 대륙을 덮쳤다.

1314년 봄과 여름, 그리고 이후에도 한동안 스코틀랜드에서부터 플랑드르, 프랑스에서 스페인에 이르는 유럽 지역에 억수 같은 큰비가 쏟아졌다. 당시 유럽 대도시의 수도사와 시장들은 모두 오랜 기근을 가져온 이 '대이변'을 기록했다. 지독한 가뭄이 일으킨 기근은 10년 사이에 수천 명의 목숨을 앗아갔다. 이로 인해 차마 입에 담지 못할 끔찍한 일들이 벌어지기도 했다. 아일랜드에서는 굶주림을 견디지 못한 사람들이 무덤에서 시체를 파내어 먹었다고도 하고, 부모가 영양실조로 죽은 아이들을 먹었다는 이야기도 전해진다.

단편적이기는 해도 이런 이야기는 당시 유럽의 상당 지역이 오랜 기간 동안 좋지 않은 기후에 시달렸음을 짐작하게 한다. 16세기 초가 지날 때까지도 혹독한 겨울과 모든 걸 쓸어버리는 대홍수, 적기에 수확을 하지 못해서 생기는 기근이 영국과 프랑스, 이탈리아 북부를 거쳐 오스트리아에 이르는 광범위한 지역에서 나타났다.

이상 기후는 16세기 후반~17세기 초반기에 '정상'으로 돌아왔다. 당시 기후를 명확히 밝힌 기록은 없지만, 연대기에 기후 사건에 대한 별다른 서술이 없는 점으로 미루어 보아 그랬을 가능성이 높다.

그러나 휴지기는 짧았다. 17세기 후반부터 다시 매서운 한파가 나타나기 시작했다. "도무지 계절이 예전 같지 않구나. 우리는 아직도 난방을 하고 있단다. 여름이 너무 서늘하고 습해져서 밭에 심은 밀이 좀처럼 자라지를 않는구나." 1674년 6월에 파리의 세비녜Sévigné 후작부인이 프로방스 지방으로 떠난 자식들에게 보낸 편지의 내용이다.(『서한집Recueil des Lettres』) 이는 유럽 역사상 가장 눈에 띄는 기후 사건 가운데 하나의 서막이었다.

당시 기후를 연구한 과학자와 역사학자들이 '소빙하기'라고 명명한 대기의 급격한 냉각 현상은 대략 1670~1710년 사이, 일명 '마운더 극소기Maunder Minimum' 때 절정에 달했던 것 같다. 마운더 극소기란 태양 활동이 극도로 둔화된 특정 시기를 일컫는 말로, 이 현상을 처음 기록한 19세기 천문학자 마운더의 이름에서 이런 명칭이 붙었다.

물론 당시 유럽 대도시들이 기온을 측정하고 있었던 것은 아니지만, 연대기를 보면 적어도 유럽 서부 지역에 닥친 혹한의 정도를 짐작할 수 있다. 런던에서는 겨울이면 꽁꽁 언 템즈 강 위에서 시장이 열렸으며, 파리에서는 얼어붙은 와인 병을 손도끼로 잘라야 했고, 때로는 말을 타고 센 강을 건넜다고 한다. 그러니까 센 강이 완전히 얼어붙었다는 이야기다. 오늘날 기상학자들이 이 기록을 근거로 계산해보니, 템즈 강이나 센 강이 완전히 얼어붙으려면 적어도 3주 이상 내리 영하 20도의 기온이 유지돼야 한다는 결과가 나왔다. 말 탄 사람뿐만 아니라, 여러 마리의 말이 끄는 육중한 짐수레 무게를 지탱할 정도의 두께로 강 전체가 완전히 꽁꽁 얼려면 말이다.

추위의 '선물', 스트라디바리우스

비록 이 혹한기에 대한 기록은 별로 많지 않지만, 이 추위는 다방면에서 유럽 문명에 깊은 흔적을 남겼다. 기록이 많이 남지 않은 것은 아마도 당시 사람들이 이 혹한에 대해 크게 놀라지 않았거나, 그 원인을 애써 찾으려 하지 않고 담담히 받아들였기 때문인 것 같다. 이와 관련하여 이 소빙하기는 파리에 매우 구체적인 흔적을 한 가지 남겼는데, 현재의 '글라시에르Glacière'〔프랑스어로 빙실, 빙고의 의미〕거리가 그것이다.

17세기 말엽에 이 길은 오르주 강 근처의 얼음창고로 이어졌다. 인근 채석장 안에 만든 이 창고는 겨울에 얼어붙은 강물을 퍼두었다가 1년 내내 보관하는 장소였다. 셔벗〔과즙에 설탕과 우유 등을 첨가해서 얼린 얼음과자〕을 유난히 좋아하는 루이 14세를 위해, 여름에 수송대가 이 얼음창고에 얼음을 가지러 가는 모습을 보고 주민들이 '얼음창고 길'이라는 이름을 붙인 것이다.

이 비정상적인 50~60년간의 추위가 남긴 가장 놀라운 '선물'은 명품 바이올린 스트라디바리우스이다. 미국 애리조나 대학 연구팀이 기후학자와 수목 연대측정 학자들(나무 나이테 전문가들)을 모아 조사한 바에 따르면, 이탈리아 크레모나 출신의 유명한 현악기 제작자인 스트라디바리Antonio Stradivari가 제작한 바이올린이 지닌 특별한 음색의 비밀이 바로 이 시기에 닥친 추위에 있다고 한다.

스트라디바리우스 바이올린을 만드는 데 사용된 나무(주로 가문비나무)는 바로 '마운더 극소기'에 자란 것들로, 혹독한 기후는 나무의 성장을 지연시키는 한편 그 밀도는 높여놓았다. 물론 스트라디

기후 변화가 없었다면 탄생하지 못했을
스트라디바리우스

이탈리아의 유명한 현악기 명장 스트라디바리가 제작한 바이올린의 특별함은 당시 닥친
혹독한 추위에서 비롯됐다고 한다. 17세기 말~18세기 초에 지구 대기가 급격히 냉각되
었는데, 스트라디바리가 바이올린을 만들 때 사용한 나무가 바로 이때 자란 나무라는 것
이다. 추위는 나무의 성장을 더디게 하는 대신 그 밀도를 높였다. 여기에 장인의 솜씨가
더해져 명기가 탄생한 것이다.

바리의 특별한 제조술이 더해지긴 했지만, 스트라디바리우스 바이올린의 특별한 품질에는 기후의 영향이 적지 않은 것이다.

역사적으로 소빙하기가 유럽 정치사에 가져온 영향은 다른 분야보다 더 크다. 프랑스에서는 상당 기간 동안 곡식을 수확하지 못해 전국적으로 극심한 기근과 절망에 빠져들었다. 끝이 보이지 않는 이런 상황에서도 귀족들은 백성들의 고통에 무관심했다. 평민층은 왕권신수설을 확립한 이 계층에 맞서 혁명을 꿈꾸게 되었다. 결국 소빙하기가 프랑스 혁명의 싹을 틔운 셈이다.

칭기즈칸도 혹한 때문에 발길을 돌렸으니

이렇듯 인간이 겪은 큰 변화의 뒤에는 대부분 심각한 기상 이변 혹은 단순한 기후 사건들이 자리하고 있다. 인간은 기후가 일으키는 변화와 비극에 속수무책일 수밖에 없다. 물론 앞으로 일어날 기후 변화에 인위적인 영향은 최소화해야겠지만, 인류가 현재의 소온난화를 책임지려는 태도는 주제넘은 짓일 수 있다.

아마 서유럽이 사라센인들의 지배에서 벗어난 것도, 14세기 초반 중세의 기후 최적기 말엽에 나타난 혹한 때문일 것이다. 갑작스런 냉각기가 몽골 제국의 침략을 좌절시켰다. 터키와 대서양 연안 근방에서 눈에 띄게 맹위를 떨친 추위와 눈은 칭기즈칸

이 후방을 확보하는 것을 방해했다. 마찬가지로, 1300년대 초기에 나타난 냉각 현상이 백년전쟁[1337~1453. 중세 말기에 영국과 프랑스가 벌인 전쟁]을 일으켰다고 볼 수도 있다. 혹한 때문에 영국 땅에서 더 이상 식량을 생산하지 못하게 되자, 에드워드 2세는 프랑스로 눈을 돌렸다.

칭기즈칸 이후 두 세기가 지난 뒤, 오스만투르크 제국의 쉴레이만 대제 역시 유럽 정복을 목전에 두고 갑작스런 '비정상적인' 악천후 때문에 발길을 돌려야 했다. 동유럽을 침략한 쉴레이만은 1529년 가을에 비엔나와 오스트리아, 스위스의 나머지 부분을 정복하기 위해 서쪽으로 진격하려 했다. 그러나 갑작스런 큰비와 이어 끔찍한 눈사태를 맞아, 결국 터키로 우회할 수밖에 없었다.

8
속담에 담긴 일기예보의 진실

고대에 이미 '변하지 않는' 계절이란 없었다

"내일 날씨가 어쩌려나?"

다가올 날씨가 어떠할지 궁금해한 건 예나 지금이나 마찬가지다. 지금 우리가 TV 일기예보에 전적으로 의존한다면, 우리 조상들은 하늘을 보며 직접 추측했다는 정도가 다를 뿐이다.

옛사람들 역시 기후 관측 도구들을 만들었는데, 그중에는 현대의 기상학 도구와 비교해도 손색이 없는 것들이 있다. 그때 사람들이라고 해서 개구리나 관찰하고, 침 바른 손가락을 치켜들어 바람이 부는 방향을 알아냈다고 생각하면 오산이다.

그들은 오랜 세월에 걸쳐 관찰한 결과를 민간 속담에 담아 표현했다. 매일같이 하늘이 변하는 모양을 살피고, 반복되는 기후 사건이 있으면 눈여겨 보아두었다가 이 내용들을 가지고 여러 가지 상관관계를 세웠다. 예전의 기상학자들은 뱃사람과 농부들이었다. 그들은 오랜 경험을 통해 날씨를 믿어서는 안 된다는 사실을 알고 있었다.

흔히 알려진 속담 중에 "제비 한 마리가 왔다고 해서 봄이 온 것은 아니다."라는 말이 있다. 이 속담은 철새들의 회귀가 겨울의 끝을 알리는 현상은 아니라는, 명백한 사실로 굳어지기까지 숱한 세대를 거치며 입에서 입으로 전해져 온 깨달음을 담고 있다.

제비는 『새 The Birds』라는 제목의 희곡이 씌어진 이후로 항상 봄의 도래를 알리는 신호로 여겨져왔다. 이 희곡의 작가인 고대 그리스 시인 아리스토파네스 Aristophanes는 기원전 5~4세기, 그러니까 플라톤이 아틀란티스의 존재를 말하던 때와 거의 동시대를 살았던 사람이다.

고대에 이미 '변하지 않는 계절'이란 없었다. 예를 들어 페르시아에는 "물속에는 굶주림이, 눈雪 속에는 빵이 있다."는 속담이 있었는데, 옛 농부들은 겨울 비는 무서워해도 밭에 내리는 눈송이는 조금도 염려하지 않았다. 인간은 유목 생활을 중단하고 정착해서 농사를 짓기 시작하면서부터, 그러니까 대략 5천 년 전부터 더운 겨울처럼 비정상적인 기후를 경계해왔다.

날씨 관련 속담에 자주 등장하는 제비

"제비 한 마리가 왔다고 봄이 온 건 아니다."

"제비가 높이 날면 날씨가 좋고, 낮게 날면 곧 비가 온다."

옛사람들은 제비나 물고기 같은 동물들의 움직임을 보고 날씨를 예측했다. 오랜 관찰과 경험에서 나온 지혜는 속담 속에 담겨 지금까지 전해지고 있다. 그런데 옛사람들이 전하는 가장 귀한 지혜는 날씨를 믿어서는 안 된다는 것이다.

훗날 아시아와 유럽이 되는 대륙의 경계에 있었던 페르시아 지역에서도, 이미 날씨는 사람이 바라는 대로 따라주지 않았다. 오늘날에도 '들판의 해충을 죽인다.'고 알려져 있는 겨울 눈은, 예전에도 이로운 기후 요소로 여겨졌다. 땅속 벌레들과, 무엇보다도 강한 추위를 멀리 떼어놓는 눈은 이듬해의 풍요로운 수확을 약속하는 징표였다. 반대로 물, 즉 겨울 비는 예나 지금이나 지나치게 따뜻한 겨울을 가져와 수확을 망칠 수도 있는 위험한 자연현상이었다.

민간 속담은 오랫동안 가까운 사람들끼리 입에서 입으로 전해진 순수한 구전의 결실이다. 그러나 이 '소소한 지혜'들은 많은 정보를 담고 있다.

"제비가 낮게 날면 비가 온다"

우선 이제 계절이란 것이 없어질지도 모른다는 두려움, 오늘날 우리를 괴롭히는 걱정거리부터 생각해보자. 고대 그리스인들은 가뭄으로 수확을 망치지 않게 해달라고 자연의 신인 제우스에게 의지했다. 똑같은 불안에 사로잡혔던 로마인들은 주피터에게 어서 여름이 오게 해달라고 빌었다. 이와 같은 불안은 세계 어느 곳에서나 마찬가지였다. 중앙아메리카의 페루 사람들은 '비의 신'

탈록Thaloc을 가장 중요한 신으로 섬겼다.

날씨와 관련한 속담이 크게 늘어난 시기는 그 이후였다. 신성한 교회는 특정 신에게 좋은 날씨를 기원하는 일을 금지했다. 그러던 것이 중세 들어 365일 매일매일에 한 명 이상의 성자 이름이 붙으면서, 속담에 담긴 지혜와 경험은 다시 생명을 얻었다.

가령, 프랑스 노르망디나 브르타뉴 지역에서는 9월 15일에 사과를 먹으며 "성 발레리아노의 날이면 과일이 멀지 않았다."는 사실을 떠올린다. 마찬가지로, 매년 7월 21일이면 "성 빅토르의 날에 비가 오면 황금 수확은 어렵다." 이날 비가 오면 들판의 밀이 쓰러질 위험이 높기 때문이다.〔양력 9월 15일 전후에 해당하는 우리 절기를 살펴보면, 음력으로 8월 15일 추석이 있고, 양력 7월 21일 전후에는 음력 6월 10일 초복, 6월 18일 대서, 6월 20일 중복이 있다.〕

이 속담들은 물론 그 안에 많은 메시지를 함축하고 있다. "11월에는 눈, 12월에는 크리스마스"라는 현대적이고도 초현실주의적인 속담처럼 때로는 난해한 것도 있지만, 반대로 분명한 속담도 많다. 예전에는 4월 30일이면 "성 로베르토의 날에는 모든 나무가 푸르다."고 단언했다.

물론 옛 속담들이 다 실제 날씨와 부합하는 것은 아니다. 부득이 그날의 성자는 '뭔가를 해야 했기' 때문에, 속담을 위한 속담이 만들어지기도 했다. 가령 "성 마티아는 얼음을 깬다."는 2월

24일의 속담이 있는데, 이날의 또 다른 속담에서는 "성 마티아가 얼음을 찾지 못하면 다른 얼음이라도 만들어야 한다."고 했다. 이를 종합해보면, 2월 24일에는 얼음이 녹거나 그렇지 않으면 또 한 차례의 한파가 밀려올 수 있다.〔양력 4월 30일 전후에 해당하는 우리 절기로는 음력 3월 12일 곡우가 있고, 양력 2월 24일 전후에 해당하는 절기로는 음력 2월 25일 경칩이 있다.〕

그렇지만 옛 속담들은 기본적으로 오랜 경험에서 우러난 지혜와 지식을 담고 있다. 이 지식은 과학으로 뒷받침되기도 하고, 과학의 부족한 부분을 보충해주기도 하며 오랜 세월 끈질기게 이어져왔다.

가령 어부들 사이에서 흔히 얘기돼온 "물고기가 물 밖으로 뛰어오르면 곧 비가 온다."는 속담은, 비 오는 날 낮아지는 기압의 변화를 포착한 말이다. 대기 압력이 낮아지면 곤충들은 수면에 최대한 가까이 붙어서 나는데, 이때 물고기들은 수면을 스치듯 나는 이 벌레들을 잡아먹기 위해 물 밖으로 뛰어오른다. 전문가들은 이 현상을, 곤충들이 밀도가 높은 기압, 그러니까 호흡에 필요한 산소가 풍부한 기압을 찾는 것이라고 설명한다. 호흡하기 위해 물고기들의 사정거리 안에서 날아야 하는 곤충의 딜레마. 물속에 사는 포식동물들은 수면 위를 지나는 곤충을 아주 잘 볼 수 있다. 그러니 어부들은 굳이 하늘을 살필 필요 없이, 물고기들이 물 밖으로 나오는지만 살피면 되었다.

이런 '기압 측정법'의 신빙성은 제비를 통해서도 입증된다. 제비는 예전에 날씨를 살필 때 많이 관찰되던 새로, 사람들은 들판에서 "제비가 높이 날면 날씨가 좋고, 낮게 날면 곧 비가 올 것"이라고 확신했다. 물고기들과 마찬가지로 제비 역시 날아다니는 곤충들을 잡아먹고 사는 새이다. 그래서 기압이 높을 때에는 높은 고도에서, 기압이 낮을 때에는 땅이나 물에 바짝 붙어서 난다. 다가올 날씨에 대한 확실한 신호인 셈이다.

날씨 관련 속담, 맞거나 혹은 틀리거나

근거가 있건 없건 간에, 민간 속담들은 하나의 공통점을 갖고 있다. 한결같이 산업 오염이 없던 시절에 하늘을 보며 모든 걸 예측했다는 점이다. 생활의 모든 부분을 자연에 의존하던 시절에는, 뱃사람이건 농부건 언제나 하늘의 변화를 살펴야 했다. 그래서 바다로 나가거나, 들일을 나갈 때면 반드시 하늘을 먼저 보았다.

사람들은 자신들의 생업과 관계된, 짧은 기간의 기후 현상에 특히 관심이 많았다. 속담 가운데 하루 낮밤처럼 '단기간'의 날씨를 예측하는 내용이 많은 것은 이 때문이다.

"아침에 하늘이 붉으면 가는 길에 비가 온다."는 속담은 1천

날씨를 예측할 때 기본이 되는
아침 해(위)와 저녁 해(아래)

"아침에 하늘이 붉으면 가는 길에 비가 온다."

"저녁에 하늘이 붉으면 희망의 태양이 뜬다."

예나 지금이나 하루 날씨를 점칠 때에는 하늘을 먼저 본다. 특히 과거에는 모든 걸 하늘에 의존했다. 날씨 관련 속담의 신빙성은 하루 밤낮처럼 예측하는 기간이 짧을수록 높아진다.

년도 더 된 속담이다. 이 속담은 북반구 전지역에서 발견되는데, 북반구에서는 지구의 자전 방향을 따라 구름과 비 구역이 서쪽에서 동쪽으로 움직인다. 때문에 구름층이 아침에 서쪽 하늘을 뒤덮고 있으면, 동쪽 지평선에 걸려 있던 태양의 첫 햇살이 그 구름층의 아랫부분을 때려서 독특한 붉은색을 만든다. 이러한 구름의 움직임을 주시하던 옛사람들은, 아침 첫 햇살에 물든 구름층이 낮 동안에 자신들의 머리 위를 지나갈 가능성이 높다는 결론을 내렸다. 달리 말해서, 일하러 갔다가 비를 맞을 위험이 높다는 것이다.

이와 비슷한 현상이 저녁에도 존재한다. 낮 동안에 이동한 구름이 동쪽에 걸리고, 태양이 서쪽 지평선 너머로 막 사라졌을 때에도 역시 하늘이 붉게 물든다. 그래서 나온 속담이 "저녁에 하늘이 붉으면 희망의 태양이 뜬다."이다. 구름이 멀리 동쪽으로 지나가면, 이튿날 해가 뜰 가능성이 높기 때문이다.

그러나 날씨 관련 속담의 신빙성은 예측하는 기간이 길면 길수록 떨어진다. 대개 이런 속담들은 상당 기간 떨어진 사건들 사이의, 직접성이 적은 인과관계에 의존하기 때문이다. 따라서 "크리스마스에 날씨가 좋으면, 부활절에 춥게 마련이다."는 속담이 실제로 맞아떨어진 적은 거의 없다. 크리스마스 날씨와 부활절 날씨라는 두 기후 반응 사이에서 관찰되는 상관관계란 '무관하다'는 것이다.

이곳이 더우면, 저곳은 반드시 춥다

그러나 날씨와 관련하여 옛사람들의 믿음은 다음과 같은 점을 전제하고 있다는 점에서 오늘날 시사하는 바가 크다. 여기 날씨가 안 좋으면, 다른 어딘가는 틀림없이 좋을 것이다! A라는 장소에 한파나 비정상적인 더위가 있으면, B라는 장소에선 그와 반대로 폭염이나 혹한이 발생하여 결과적으로 A와 B의 기후가 서로 보완된다.

연초에 춥고 눈이 올 것인가 하는 것은 모든 농업 조직의 관심사였다. 이와 관련하여 "1월에 눈이 오면 헛간에 밀이 쌓인다."는 속담이 있는데, 전혀 상반되는 방식으로 같은 결론을 내리는 속담도 있다. "1월 태양이 뜨거우면 헛간에 아무것도 차지 않는다."

이렇게 농부들은 가능성을 점쳐서 위험 요소가 가장 적은 쪽으로 농사 활동을 준비했다. 따라서 크리스마스 날씨를 근거로 계절별 날씨 예측표를 만드는 것이 허황된 일만은 아니었다.

크리스마스 날씨가 좋으면 부활절엔 추울 거라는 예측 속에는, 이곳 혹은 지금 날씨가 좋으면 다른 곳이나 나중 날씨는 나쁠 수 있다는, 대자연에 대한 느긋한 신뢰가 담겨 있다. 단순히 말해, 연말이나 연초에 추위와 눈이 찾아오지 않으면 '경험상' 나중에 추위가 찾아올 가능성이 높다. 그래서 부활절까지 추위와 눈이 이어질 수 있다.[부활절은 춘분 이후 첫 만월의 다음 일요일로, 대략

3월 22일부터 4월 25일 사이에 해당한다. 이는 초대 교회가 태음력을 기초로 축일을 정했기 때문이다. 따라서 부활절은 우리 절기의 입춘에 해당한다.]

또 한 가지, 과거의 기후 관련 속담은 오늘날 우리가 쉽게 잊고 지내는 사실을 하나 더 상기시켜준다. 즉, 크리스마스 때 석 달 후의 날씨를 예측할 수 있었던 것은, 계절별로 나타나는 기후 현상들에 규칙성이 있었기 때문이다!

1950년대 바티칸이 세태에 맞는 이름들로 바꾸어 달력에 표시하기로 결정하기 전까지, 5월 11일 성 마메르토, 12일 성 판크라시오, 13일 성 세르바시오 축일은 봄이 오기 전 겨울의 마지막 공격을 알리는 날로 받아들여졌다. 그래서 "판크라시오, 세르바시오, 마메르토가 봄에 겨울을 데려온다."는 말까지 있었다.

5월 중순은 계절과 계절을 이어주는 전환점에 해당한다. 따뜻하다 못해 더운 남풍이 불어오기도 하지만, 차디찬 겨울 소나기를 품은 삭풍이 불어올 수도 있다. 실제로 지난 600~700년 동안, 5월 중순 이전에 마지막 추위가 불쑥 찾아오는 일이 허다했다. 그래서 나온 말이 "성 세르바시오 전에는 여름은 없다. 그러나 성 세르바시오 이후에는 더 이상 서리도 없다."는 것이다.

그러나 다른 속담들이 보여주듯, 이 '규칙성'은 매우 느슨한 개념이다. 예나 지금이나 마지막 한파는 늦은 봄에 불쑥 찾아오는데, 때로는 5월 15일 이후에 찾아오기도 한다. 연대기를 보면, 5

월 25일 성 우르바노 축일(오늘날 성 소피아 축일)까지도 영하의 추위가 있었음을 짐작할 수 있다. 그래서 "성 우르바노가 지나면 와인도 빵도 더 이상 얼어붙지 않는다."는 말이 나왔지만, 또 그 이후에 겨울 소나기가 오지 말란 법도 없어서 "5월 28일이 되기 전에는 겨울이 빠져나가지 않는다."는 속담이 생겨났다.〔양력 5월 초에 해당하는 우리 절기로는 음력 3월 27일 입하가 있고, 양력 5월 중순과 말에 해당하는 절기로는 음력 4월 14일 소만, 5월 5일 단오가 있다.〕

이처럼 날씨는 정말로 예측하기 어려운 것이다.

9
기후 예측, 혹은 사기

"달만 척 보면 압니다"

속담은 오랜 세월 수없이 많은 사람들이 경험을 통해 터득한 지식을 담고 있지만, 날씨에 관한 한 이 속담들을 '일기예보'처럼 믿어서는 안 된다. "날씨를 예측하는 이는 흔히 거짓말을 하는 법이다."라는 속담이 말해주듯, 예전부터 날씨를 예언하고 주관한다고 하는 이들은 동시대인들에게 하늘의 역학에 대한 그릇된 이해를 심어주는 일이 많았다. 한 마디로, '날씨 주술사'들은 엉터리 예언으로 제 욕심만 채운 사기꾼들이었다.

수천 년 동안 엉터리 정보를 교묘하게 팔아치워온 이 '약장수'들은 다양한 도구들을 동원해서 자신들의 말을 믿게 만들었다.

가장 흔히 쓰인 '도구'는 달이었다. 지구 주위를 돌고 있는 유일한 자연 위성인 달은, 언제나 농부들에게 수확에 가장 큰 영향을 미치는 중요한 자연 요소였다. 오늘날에도 달의 영향력은 여전하여, 상현달이 떴을 때보다는 하현달이 떴을 때가 곡식 파종이나 식물 심기에 더 적합한 때라는 믿음이 남아 있다. 이는 과학적으로 확인된 사실은 아니지만, 왠지 채소밭도 그때가 되면 더 풍성해지는 것 같다.

물론 달은 지구 반응에 전체적으로 영향을 미친다. 그러나 눈에 보이는 영향은 조수에 한정되어 있다. 그래서인지 과학적 사실과 관계될 수 있는, 달과 수확물의 관계를 언급하는 속담은 드물다. 다만 '4월의 달', 곧 부활절 이후 찾아오는 태음월[달이 초승달에서 다음 초승달이 될 때까지의 동안] 첫 보름달의 역할에 대해서는 어떤 믿음이 존재한다.

농부들은 한밤중에 떠 있는 4월의 달은 모든 것을 파괴하는 결빙을 가져온다고 믿는데, 이는 어느 정도 사실이다. 4월에 하늘에 떠 있는 달이 잘 보이면 제법 매서운 서리가 내릴 가능성이 높다. 4월의 달을 지칭하는 '붉은 달'이라는 표현은, 달이 붉다는 뜻이 아니라 서리를 맞아 시들어서 꽃눈이 붉어진 과일들의 싹을 가리킨다.

1년 내내 가장 널리 쓰이면서 과학적으로도 입증할 수 있는 속담은 "달무리가 지면 비가 온다."는 것이다. 달무리가 질 때면, 달은 대개 얇은 상층운인 권운에 둘러싸인다. 그런데 흔히 '새털 구름'으로 불리는 권운은 저기압의 도래를 알리는 대표적 현상 중 하나이다. 결국 달무리는 머잖아 비가 올 가능성이 높음을 알려준다.

달을 보고 어떻게 날씨를 예측할까

'4월의 달'과 달무리 이외에는, 고대 그리스 시대의 호메로스와 고대 로마의 베르길리우스Vergilius가 달을 보고 하늘의 상태를 예측한 이후로 인간이 찾아낸 어떠한 달 관련 기후 예측법도 과학적 검증을 받지 못했다. 밤하늘에 뜬 달의 움직임을 보고 세운 이론들은 당시에는 꽤나 정확한 것으로 여겨졌지만, 오늘날 대부분 비과학적인 것으로 판명됐다.

달을 이용한 날씨 예측법 중 가장 복잡하고 엉뚱한 것은, 비교적 최근에 속하는 19세기 전반 프랑스의 육군원수 뷔고 Thomas-Robert Bugeaud가 주장한 '뷔고 예측 방법론'이다. 역사 속에서는 달 전문가보다 알제리 정복자로 더 잘 알려진 뷔고는, 스페인 원정에서 돌아온 뒤 달을 보고 날씨를 예측할 수 있다고 주장했다. 아마도 스페인 수도원에 머물 때 그곳 수도사에게서

"달무리가 지면 비가 온다"

1년 내내 가장 널리 쓰이면서, 과학적으로도 근거가 있는 속담이다. 달무리가 질 때면 달은 대개 '새털구름'이라고 불리는 권운에 둘러싸이는데, 이 구름은 저기압과 밀접한 연관이 있기 때문이다. 이처럼 달은 특히 농업에 지대한 영향을 미치는 자연 요소이자, '날씨 사기꾼'들의 주요 메뉴였다.

날씨 예측법을 전수받은 모양이다.

이 방법에 따르면, 매달 초닷새에 보이는 하늘의 상태가 날씨를 결정짓는다고 한다. "태음월 전체가 닷새째 되는 날처럼 반응한다."는 것이다. 불행히도 이 '법칙'은 곧바로 복잡해진다. "열두 번 중에 열한 번만", 그것도 "엿새째에 날씨가 바뀌지 않을 때"에만 정확한 결과를 내기 때문이다. 그 다음은 더 골치 아프다. 이 방법론에는 "열두 번 중에 아홉 번, 초나흘의 날씨가 그 달의 날씨를 결정한다."는 얘기가 있는데, 그 내용이 어찌나 복잡한지 "태음월의 초나흘은 엿새째 날씨가 똑같을 경우에만 진짜 결정적"이라는, 우스꽝스러우면서도 지극히 제한적인 결론만 내리고 있다.

우박을 쫓는 '우박 대포'

뷔고 원수를 비롯하여, 달이나 구름으로 장사를 한 사람들은 나름대로 꽤나 진지했다. 혹은 정말로 자기 생각이 옳다고 믿었다. 예전에 프랑스에는 포도나무를 위협하는 우박 먹구름을 '우박 대포'로 몰아내는 주술사와 전문 배우들이 있었다. 이들은 포도나 수목 재배자들의 요청을 받고, 이 마을 저 마을로 떠돌아다니며 우박 대신 비를 '불러냈다.'

아프리카나 북아메리카 인디언 사회의 주술사들은 물이 뜨거워질 때 일어나는 현상을 이용하여 비를 내리게 하려고 했다. 물론 그들은 물이 수증기로 변해서 하늘로 올라가고, 그 수증기가 식으면 응축되어 다시 물로 변하는 원리를 완전히 이해하진 못했을 것이다. 그렇지만 비를 내리게 하는 의식에 이 증발과 응축의 물리적 과정을 활용한 것 같다.

그들은 노래와 춤, 주문과 북 연주로 구경꾼들의 혼을 빼놓는 한편, 비가 오지 않는 구역에 불을 뜨겁게 피워놓았다. 불길이 공중으로 세차게 올라갈 수 있도록 불을 지펴놓으면, 뜨거워진 공기는 대기 상층부로 올라가면서 다시 차가워졌을 것이다. 그리하여 응축된 공기가 간혹 비의 형태로 땅에 떨어지기라고 하면, 주술사는 졸지에 '비를 내리게 하는 사람'으로 추앙받을 수 있었다.

훨씬 나중에 밝혀진 사실이지만, 우박 대포 역시 단순한 물리적 원칙에 근거해 있다. 즉, 구름은 수증기 방울들이 땅에 떨어질 정도로 충분히 굵어졌을 때에만 비를 내린다는 사실이다. 수증기 양이 불충분하여 묵직한 물방울을 이루지 못하면 구름은 그대로 남아 있게 된다. 그리하여 과학자들이 '응결핵'이라고 부르는 물질을 구름 속에 삽입하여 작은 물방울들이 한데 모이도록 만들면 인공 비를 내릴 수도 있는 것이다. 이 핵은 수증기 입자들을 서로 고착시켜주는 매개물 역할을 한다.

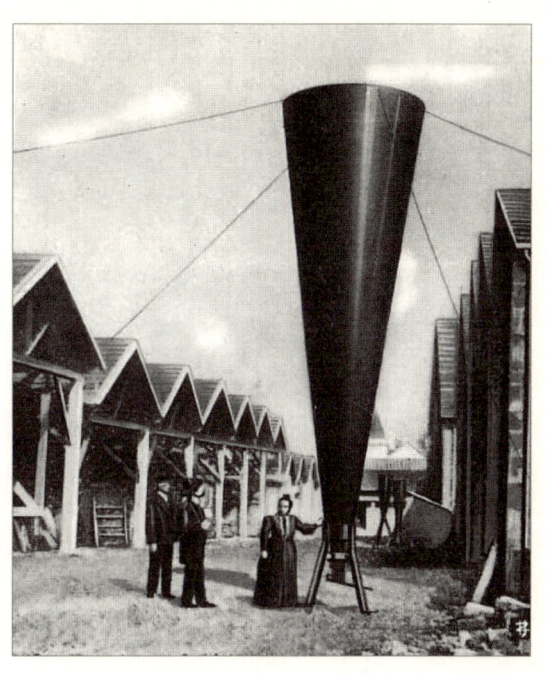

우박을 몰아내고,
　　　　대신 비를 내리게 하는 데 쓰인 '우박 대포'

옛날 프랑스에는 포도나무를 위협하는 우박 먹구름을 이 대포로 몰아내는 주술사와 배우
들이 있었다. 이들은 이 마을 저 마을로 돌아다니며 돈을 받고 이 대포를 쏘아줬다. 우박
대포는 구름 속에 소금 조각을 쏘아 올려서, 수증기가 물방울을 이루도록 돕는 원리를 이
용한 꽤 과학적인 도구였다. 그러나 비용 대비 효과는 그리 크지 않았고, 소금 조각인 요
오드화은의 안전성에도 의문이 제기되어 우박 대포는 사라졌다.

18세기 말엽, 연금술사의 시대가 지난 뒤 등장한 최초의 물리학자들은 연구에 연구를 거듭하여 물을 고착시키는 가장 훌륭한 물질이 소금임을 알아냈다. 최초의 우박 사냥꾼들은 이 사실에 착안하여, 많은 수증기 방울들을 고착시키기에 가장 적합한 소금 조각인 요오드화은〔은의 요오드화물. 옥화은〕결정체를 구름 속으로 쏘아 보내는 생각을 하기에 이르렀다.

그러나 우박 대포는 생각만큼 큰 효과를 거두지 못했다. 간혹 우박 구름을 뚫어놓는 것처럼 보이기도 했지만, 우박을 막지 못한 경우가 더 많았다. 또한 이 대포의 부수적 효과인 비를 내리게 한다는 측면에서도 들인 비용만큼 만족할 만한 결과를 얻기 어려웠다. 요오드화은의 안전성에도 의문이 제기됐기 때문에, 최근에는 이 물질을 이용한 인공강우 실험은 거의 중단된 상태이다.

일기예보의 유효기간은 최대 2주

현대 기상학자들의 목표는 기후 변화를 예측하고, 믿을 수 있는 예보로 재해를 방지하며, 궁극적으로 대기라는 엄청난 혼돈 그 자체를 조절하는 데 있었다. 그러나 1972년 기상학자이자 통계학자인 미국인 에드워드 로렌츠Edward N. Lorentz가 지구의 한 지역에서 한 나비의 날갯짓이 보름 후에 다른 곳에서 해일을 일으킬 수 있다는 '나비 효과' 이론을 주장한 이후로 이 꿈은 접어야 했다. 현재 과학계에서 인정하는 기후 예측 기간은 기껏해야 2주를 넘지 않는다.

다만 1980년대 이후 지표면과 대기, 대양의 상관관계에 대한 연구가 활발해진 뒤, 언젠가는 훨씬 더 장기적인 예측을 할 수 있을 거라고 확신하게 되었다. 물론 아주 구체적인 예측을 하긴 어렵겠지만, 한 계절이나 한 해의 날씨까지 신뢰할 만한 수준으로 예측하게 되면, 온난화를 비롯한 각종 기후 재앙들을 미리 대비하는 것이 가능해진다!

3부

지구온난화 '소동'

10
온실효과는 누구에게 이익인가?

온실효과에 반대하는 사람 이름 적어!

지금까지 기후 변화란 지구의 생성 이래로 끊임없이 있어온 것이며, 인위적인 오염이 없었던 과거에도 지금 못지않게 큰 이변들이 많았음을 살펴봤다. 또 과학기술 발달로 앞으로는 지금보다 훨씬 더 장기적인 기상 관측이 가능하게 되어, 기후 이변으로 인한 피해를 최소화할 수 있다는 사실도 알았다.

그렇다면 여기서 이런 의문이 들지 않을 수 없다. 오늘날 그토록 확신에 찬 어조로 기후 변화와 그 폐해를 선전하는 과학자와 정치인들은 '사기꾼'이란 말인가? 그들은 어떤 근거에서 온실효과의 위험을 그토록 확신하고 있는 것일까? 그들의 경고는 예언일까, 아니면 예측일까? 혹 이들을 묶어주는 모종의 이해관계는 없을까?

이는 지극히 정당한 질문들이다. 과학적으로 밝혀진 지난 100년간 지구 대기의 평균 기온 상승치는 0.6도. 어찌 보면 그리 크지 않다고 할 수 있는 수치이다. 그런데 어지간한 소란에도 신중한 태도를 보이던 정치계가 돌연 과학계의 경고에 동조하며 부산을 떨고 있으니 대체 어찌된 일이란 말인가?

매년 대규모 기후 관련 국제회의가 열릴 때마다 나오는 결론은, 항상 '온실효과'를 경계하라는 것이다. 그러나 실제로 이로 인해 고통받는 사람은 아무도 없다. 2003년 여름의 폭염이, 이산화탄소 과잉이 문제가 되지 않던 시절에도 이미 여러 차례 나타난 적 있는 드문 기후 현상 중 하나였다는 점을 인정한다면 기상학자들의 '확신'은 설 자리를 잃는다.

다시 말해서, 기후 변화를 둘러싼 전지구적·과학적 '만장일치'에는 문제가 있다!

어느새 '진짜'가 되어버린 '만약'

현재 기후 변화 문제를 둘러싸고 벌어지고 있는 일은, 극단적인 단순화와 '선전' 작업이다. 이 과정에서 기후 문제 전문가와

권위자들이 말한 '만약에'라는 가정법은 완전히 묵살되고 있다. 연구자들의 과학적 성찰과 의심은, '만약'이라는 가정에서 어느새 움직일 수 없는 사실이 되어버렸다. 그리하여 누구도 반박하기 어려운, 우리의 암울한 미래를 확정짓고 있다.

'여론몰이식'으로 진행되고 있는 이 일련의 사태가, 실은 가정법에 근거한 '가설'에서 출발했다는 것은 과학자들이 작성한 기후 관련 공식 발표문들만 훑어보아도 알 수 있다. 우리가 우려하는 기상 재해 혹은 재앙은 아직 확신하기에 이른 가설 단계이다. 이런 주장을 펼치는 과학자들은 아직 소수이고, 그 주장에도 여러 가지로 비판의 여지가 많다.

이 소수의 과학자들은 뉴욕의 유엔(UN: 국제연합) 본부에 자리를 틀고 앉아, 할리우드 거장들에게 엉터리 공상과학 영화를 만드는 자격증을 발급해주고 있다. 난공불락의 '지식 요새'라 할 이곳에서 이 엉터리 예언자들은 약 15년 전부터 대기 중 탄소 방출을 중단시키기 위한, 전세계적인 음모를 꾸미고 있다.

필자 같은 환경 저널리스트로선 이들이 내놓는 공식 성명서들을 받아 읽고 그 문제점을 추적하는 것이 고작이다. 그나마 이미 당파를 이루어 그 위상을 확고히 한 이 국제기구를 희화하는 수준에 그칠 뿐이다. 지구의 반수는 이미 이들의 주장을 교리처럼 떠받들고 있다.

THE DAY AFTER TOMORROW
AB 28. MAI 2004 WELTWEIT IM KINO!

지구온난화를 소재로 한 할리우드 블록버스터 〈투모로우〉

이 영화의 줄거리는 유엔의 기상 전문가들이 내놓은 시나리오를 그대로 따르고 있다.
"온난화로 대기가 급격히 따뜻해진다 → 남극과 북극의 빙하가 녹는다 → 바닷물이 차가
워진다 → 해류 흐름이 바뀐다 → 지구 전체가 빙하로 뒤덮인다."
그러나 인간의 이산화탄소 배출로 지구 기후에 변화가 생기고, 이 변화가 재앙을 몰고온
다는 주장은 아직 가설에 불과하다.

이 당파 기구란 바로 '기후 변화에 관한 정부간 패널(IPCC: Intergovernmental Panel on Climate Change)'이다. 1988년 8월, 세계기상기구(WMO)가 설립한 IPCC는 그 즉시 세계기상기구가 속한 유엔 산하에 들어갔다.

이 국제기구의 강령은 서방7개국 정상회담〔G7 : 프랑스·미국·영국·독일·일본·이탈리아·캐나다〕 국가들이 위임한 임무, 즉 1970년대 중반부터 일부 정치인과 과학자들로 구성된 여러 압력단체들이 주장하고 나선 대기 오염의 위험을 '확증하는 것'이었다.

기후 문제를 정치적으로 이용한 '철의 여인'

1970년대 말엽, 일군의 생태학자들이 고기압의 영향으로 오염효과가 증가하여 기후 변화가 일어날 수 있다는 이야기를 가장 먼저 끄집어냈다. 어쨌든 그들은 직업상 '나쁜 뉴스 전문가'일 수밖에 없다. 당시 일부 연구 자료가 담고 있는 내용은 정확히, "고기압 속에 오염 가스가 누적되어, 끝내는 대기 온도의 자연스러운 조절 능력을 교란시킬지도 모른다."였다. 그런데 생태학자들은 소총 사격을 건너뛴 채, 곧장 육중한 대포를 꺼내 들어 '경고 사격'을 날렸다. 첫 경고가 충격적일수록 많은 대중이 놀라고, 각국 정부도 이 경고에 귀를 기울이게 되기 때문에 어찌 보면 당연한 행동이었다.

그러나 지금 어쩌면, 이 '자연보호론자'들은 당시 자기들의 행동을 후회하고 있을지도 모른다. 자신들이 불러일으킨 미래에 대한 두려움이 대중을 압도하는 사이, 다른 압력단체들이 반사이익을 보고 있기 때문이다.

정치인 가운데서 가장 먼저 기후 변화 경고를 받아들인 사람은 '철의 여인'이라 불린 대처 영국 수상이었다. 대처는 새롭게 터진 이 전지구적 '대형 사건'에 발빠르게 대처하며, 국제무대에서 자신의 위상을 높이는 방법을 찾아냈다. 기후 문제는 대처가 추진한 대단히 '독재적인' 사회 정책들을 수립하는 데 이상적인 논거가 되어주었다.

우선 대처 수상은 기후 위협을 구실로 영국 탄광의 갑작스런 폐쇄 조치를 정당화했다. 탄광은 갑자기 지나친 오염 물질을 배출하는 천덕꾸러기로 전락했다. 이제 탄광 개발에 지나치게 많은 비용이 든다는 애초의 논점은 잊혀졌다. 이렇게 기후 위협은 탄광 지역 주민의 실업이라는 가혹한 정치적 결정을 정당화하는 구실이 되었다.

국제적인 측면에서도, 온실효과는 대처 정부의 이익에 적절히 봉사했다. 대처는 기후 변화가 가져올 위험을 열심히 외치고 다니면서, 이 위험에서 세계를 보호할 방법을 마련하는 대목에서

슬쩍 자국의 이익을 챙겼다. 즉, 대기 오염 문제에 취약한 제3세계의 에너지 개발을 지휘하고 나선 것이다. 명분이야 기후 변화의 위협에서 개발도상국가들을 보호한다는 것이었지만, 그것은 이들 국가의 경제를 통제하는 최고의 방법이었다.

다른 선진국들이 대처의 이 '고난도 작업'을 눈치챘을까? 만일 그랬다면 이 교묘한 책략을 써먹지 않을 정치인들은 없었을 텐데. 아무튼 1980년대 초반에 온실효과는 중대한 정치적 관심사로 급부상했지만, 과학적인 측면에서는 별다른 진전이 없었다. 각국의 국가원수들은 국제회의가 열릴 때마다 번번이 똑같은 말만 되풀이했다. 그리고 일부 원수들에게 온실효과는 곤란한 의제를 피해 가는 좋은 구실이 되었다.

챌린저호 폭발과 온난화가 무슨 상관?

지구의 기후 변화 문제는 IPCC 창설과 함께 전지구인의 공식적인 근심사가 되었다. 여기에 1980년대 후반, 정치계와 언론계의 기후 변화 선전을 촉발시킨 결정적인 사건이 터졌다. 1986년 1월 28일, 미국 플로리다 주 케네디 우주기지에서 발사된 챌린저 호가 이륙 직후 폭발한 것이다. 이 사건은 미국 항공우주국 '나사NASA'의 위상을 뒤흔든 최악의 사건이었다.

이 비극으로 민간인 여교사를 포함하여 모두 일곱 명의 우주비행사들이 목숨을 잃었다. 미국의 상원의원들은 1980년대 초에 나사가 장담한 스페이스셔틀(우주버스)을 만들기에는 우주선의 엔진이 지나치게 복잡하고 취약하다면서, 투표를 통해 나사의 예산을 삭감해버렸다. 우주 사업이 적어도 향후 20년간은 자신들의 일거리를 보장해주리라 믿었던 나사의 과학자와 기업가들의 꿈은 한순간에 물거품이 되었다. 살아남기 위해서는 다른 일을 찾아야 했다.

엎친 데 덮친 격으로, 나사 책임자들이 새롭게 제안한 달 정복 계획도 좌절되었다. 기술적인 면에서 위험 요소가 너무 많다는 것이 그 이유였다. 일반 대중이 보기에도, 세계 경제가 위기를 맞고 있는 상황에서 달 정복은 좀 '배부른' 계획 같았다. 이 위기를 넘길 나사의 '로비'가 필요한 시점이었다.

이때 나사의 기술 개발 및 연구 프로그램 책임자들이 선택한 연구 주제가 바로 기후였다. 물론 갑작스런 결정이었지만, 기후에 대한 과학적·생태학적 관심이 고조되던 시기였기 때문에 대대적인 캠페인을 벌여 자신들의 연구 계획을 잘 '팔기만' 하면 승산은 있을 것 같았다. 그러자면 우선 인간이 고층 대기를 오염시켜서 기후 격변이 일어날 가능성이 있다는 점부터 홍보해야 했다.

나사는 지구 기후 분야에서 중대한 역할을 맡게 됐다. 이때부터 대기 오염의 연구와 감시는 지상이 아닌 우주, 인공위성의 영

1986년 1월, 미국 케네디 우주기지에서 발사된 직후 폭발한
챌린저 호(왼쪽)와 이때 목숨을 잃은 7명의 우주비행사들(오른쪽)

챌린저 호 폭발 사고가 '기후 변화론'에 미친 영향은 매우 크다. 이 사고로 예산을 삭감당
한 미항공우주국 '나사'는 새로운 일거리를 찾아야 했고, 그 일거리가 바로 기후 연구였다.
이후 나사는 지구 기후 분야에서 중대한 역할을 맡기 시작했고, 대기 오염의 연구와 감시
는 인공위성의 영역으로 넘어갔다.

역으로 넘어갔다. 이로써 기후 연구와 감시라는 새로운 개념의 수립과 인공위성 개발, 연구소 설립 등 나사가 나서서 해야 할 일이 엄청 많아졌다. 그리하여 이 사업은 나사의 애초 기대치를 넘어서는 성과를 냈다. 온실효과 개선 캠페인은 전세계 기상학자들의 열화와 같은 지지를 얻어냈다.

나사의 '재주꾼'들은 과연 제때 열차를 바꿔 탔다. 그렇다고 그들을 비난할 수는 없다. 이 일을 계기로 기후 관련 연구 집단의 재정 수입은 늘어났고, 그 덕분에 더 효율적으로 연구 활동을 할 수 있게 되었다. 찾아온 기회를 활용하지 않는 사람이 오히려 바보 아닌가.

그러려면 모든 언론 매체를 동원하여 나사 연구자들이 제기한 위협부터 먼저 검증받아야 했다. 이때 과학자들이 "언젠가 온실효과 때문에 기후가 바뀌게 될지도 모른다."는 말을 흘렸다고 해서 그들을 탓할 수는 없는 노릇이다. 그들은 어쨌거나 과학적인 정직성을 담보하는 '~할 수도 있다'는 가정법을 사용했다.

이렇게 증거가 많은데 안 믿을 거야?

그런데 나사의 위협을 과학적으로 '증언'해준 과학자들은 자기들이 한 말에 발목을 붙잡히고 말았다. 그들은 단순히 변화의

'가능성'만을 언급했으나, 그들의 말을 들은 일반 대중과 정치인들은 그 속에 담긴 '위협'이라는 말만 기억했다. 이 표현은 언론을 통해 계속 확산되면서 어느새 예언으로, 그 다음에는 확신으로 바뀌었다. 그렇게 해서 10년 전부터 '기후가 바뀌는 중'이라는 말은 틀림없는 사실이 되었다.〔1995년에 발표된 IPCC의 2차 보고서는 기후 변화를 과학적으로 기정사실화하여 「교토의정서」 채택의 기반을 마련했다.〕 이제 기후의 불변성이 아무리 우리에게 예전과 똑같은 구름, 똑같은 비, 똑같은 홍수, 똑같은 더위를 내려준다 해도 이 사실은 바뀌지 않았다.

IPCC, '기후 변화에 관한 정부간 패널'이 던진 '경고'는 그 출발부터 한 방향으로만 깎인 '격정의 프리즘'을 투과한 뒤 우리에게 전달되었다. 2003년 현재 189개 국 회원들이 모인 이 기구는 실제 닥친 위험이 아니라, 인간이 대기를 오염시키면 어떤 비극이 도래하는지 홍보하기 위해 창설되었다. 그리하여 이 '신성한' 임무를 맡은 IPCC는 반박할 수 없는 발언과 발표만을 하고 있다. 오로지 파렴치한이나 바보들만이 감히 이들의 주장을 공격할 수 있다.

IPCC가 평가 보고서 발표를 위해 작성한 각종 자료상의 불확실성과 기술적 오류는 큰 문제가 되지 않았다. 1992년 브라질의

리우데자네이루에서 열린 유엔환경개발회의(UNCED)에서 전세계 156개 국이 지구온난화 방지를 위한 「기후변화방지협약」〔정식 명칭은 「기후 변화에 관한 유엔 기본협약United Nations Framework Convention on Climate Change」〕에 서명한 뒤로, 국제적인 규모의 기상회의들은 모두 IPCC의 보고서 내용을 근거로 삼았다. (한 마디로 탄산가스, 즉 이산화탄소가 지구온난화의 주범이다!) 이 과정에서 각 분야의 과학자들이 취한 조심스러운 태도와 가정법은 모두 무시되고, 단순 수치만 강조되고 있음은 물론이다.

우리가 뜨겁다면 진짜 뜨거운 거야

그리하여 기상학에 대해 별로 아는 바가 없는 보통 시민과 정치인들까지도 '온실효과'란 말만 들어도 두려움에 떨 지경이 되었다. IPCC 같은 엘리트 과학자 집단이 만장일치로 던지는 경고를 어떻게 믿지 않을 수 있단 말인가? 유엔의 후광 아래 전세계 100여 국가에서 모인 회원들은 과연 최고 수준의 엘리트들이다.

그러나 현실감각을 되찾고 이들의 정체를 직시해보면, IPCC는 우리의 믿음과 달리 기후 관련 지식이 '순수하지 않게' 집결되어 있는 단체이다. 이런 점에서 유엔이 만든 다른 기구들과 별반 다르지 않다. 세계보건기구(WHO)에서부터 유엔교육과학문화기구, 즉 유네스코(UNESCO)에 이르기까지, 유엔 산하 단체들은 과학적이기보다는 행정적·정치적인 분야에서 더 큰 활약을 하고 있다.

IPCC도 예외는 아니다. 이 기구의 회원은 3천 명으로 알려져 있는데, 이는 비서에서부터 행정 직원, 기구 간부 등 이 기구의 운영과 행정을 담당하는 이들을 모두 포함한 숫자이다. 이중 '전문가'라고 할 만한 사람은 전체 인원의 절반에 불과하다. 그런데 이 절반 중에는 생태학자나 정치 분석가, 경제학자, 사회학자 등 '비기후 분야 전문가'들이 1천 명 넘게 포함돼 있다. 이들이 내리는 평가는 기후와 직접적인 관련이 없다. 기후 변화가 우리 경제와 생태, 사회, 정치에 가져올 영향을 연구하는 사람들이 기후 변화 그 자체에 대해서 어떤 말을 할 수 있단 말인가?

이 밖에도 IPCC에 소속되어 각종 기후 회의와 인도주의적 모임에 참석하는 비정부 기관의 대표들까지 빼고 나면, IPCC를 구성하는 기후 전문가들의 수는 극적으로 줄어든다. 그리하여 IPCC에서 기후의 과거와 현재, 미래의 움직임을 연구하는 유능한 기후 전문가의 숫자는 100명을 넘지 않는다.

'뜨거워지는 지구'의 미래를 이들 소수의 전문가가 좌지우지하고 있는 것이다. 이들이 날씨에 관한 두려움을 퍼뜨리는 것, 그 자체는 판단 착오가 아니다. 다만 아직 가설 단계에 있는 내용을 언론을 통해 '사실'로 유포하는 것은, 지난 20년간 온실효과와 관련하여 제기된 공상과학 같은 숱한 가설들만큼이나 위험하다.

11
이산화탄소 스캔들

사실은 선진국이 문제인데…

오늘날 우리가 산업시대 초기보다 더 많은 양의 탄소를 만들어내고 있다는 사실에는 이론의 여지가 없다. 그 주된 원인은 화석 연료 소비에 있다. 유엔환경계획(UNEP)이 밝힌 수치를 참고하면, 석탄 1톤이 불에 타면 대기 중에 608킬로그램 상당의 탄소를 배출한다. 디젤 1천 리터는 870킬로그램의 탄소를 만들어내고, 같은 양의 천연가스는 799킬로그램의 탄소를 배출한다.

이 수치는 사실, 현재 운 좋게도 선진국에서 살고 있는 이들이 책임져야 할 몫이다. 오늘날 미국인 한 사람이 만들어내는 연간 탄소 배출량은 평균 6톤으로, 국민 1인당 탄소 배출량에서 유럽 1

위를 달리는 룩셈부르크인과 비슷하다. 오스트레일리아와 캐나다 인들은 에너지를 절약하는 편이기 때문에 국민 1인당 4톤 정도이고, 환경을 몹시 염려하는 것으로 알려진 독일이나 네덜란드·핀란드 국민 한 사람이 배출하는 탄소량은 연간 3톤에 불과하다. 국민 1인당 연간 2톤의 탄소를 배출하는 것으로 나타난 프랑스인은 산업화된 국가 가운데서 가장 적은 배출량을 자랑한다.

이런 수치들은 우리의 마음을 불안하게 만든다. 현재 지구상에 배출되는 탄소량은 연간 223억 톤에 달한다. 이 수치가 앞으로 다가올 10년 사이에 더 급증하리라는 점에는 의심의 여지가 없다. IPCC의 추정에 의하면, 탄소 배출량을 줄이지 못하고 이 추세로 계속 가면 2100년경에는 350억 톤에 이른다고 한다.

그러나 지구의 전체 역사라는 틀에서 보면, 이 수치가 갖는 의미는 달라진다. 21세기 말의 추정치와 비교하더라도, 이 탄소 배출량은 기본적으로 '지구가 형성된 이래로 하늘에 떠다니고 있는 총 탄소량의 1천 분의 1도 되지 않기' 때문이다.

자연은 이산화탄소를 저장한다

어느새 탄소가 대기 오염의 동의어가 되는 바람에, 우리는 탄소가 지구를 이루는 완전히 자연적이고 근본적인 구성 요소이며,

탄소가 없었다면 생명이 탄생하지 못했으리라는 사실마저 잊고 있다.

탄소는 물과 마찬가지로 '아무것도 생성되지도, 소멸하지도 않으며, 모든 것은 변화한다.'는 기본적인 물리 원칙을 상기시키는 물질이다. 땅속, 물속, 공기 속 어디에나 존재하는 이 단순한 물질은 이 세 가지 기초 물질 사이의 끝없는 왕래를 보장한다. 탄소가 순환하는 수치를 보면 현기증이 날 정도이다.

인간이 배출하는 것 외에 대기에는 약 5,500억 톤의 탄소가 산화물, 즉 이산화탄소 형태로 함유되어 있다. 이 탄소들은 식물이 분해되거나, 탄소를 함유한 물질들이 천둥 같은 현상으로 자연 연소될 때 생겨난다. 연간 탄소 생산량 중 약 1,300억 톤을 광합성으로 흡수하는 식물은 6천억 톤에 달하는 영원한 탄소 저장고이다. 그러나 식물 뿌리를 보호하고, 땅속에서 분해되는 유기물들을 흡수하는 토양이 훨씬 더 엄청난 양의 탄소를 함유하고 있다. 그 규모는 1만 2천억 톤을 넘는다. 그러나 이는 대략 5조 톤의 (대부분 용해된 탄산염의 형태로) 지층을 보유한 해양에 비하면 아무것도 아니다. 한 마디로, 영구적이며 자연적인 저장고를 이룬, 석회암 형태의 토양이 함유한 탄소량은 수치로 표현할 수 없는 규모이다.

이 어마어마한 규모의 탄소 더미는 우리 인간이 배출하는 '보

영원한 '이산화탄소 저장고' 바다

식물을 포함한 자연이 만들어내고 배출하는 이산화탄소량은 인간이 배출하는 것과는 비교가 되지 않을 만큼 어마어마하다. 다만, 자연은 이 탄소를 대부분 배출하지 않고 저장한다. 그리고 저장된 탄소는 물처럼 바다와 땅을 순환한다. 이산화탄소가 저장되는 규모로 보면, 식물<땅<바다 순이다.

잘것없는' 오염과는 아무 상관없이, 광합성이나 비 또는 해저의 구조지질학적 활동(지질학적 차원에서 해저의 일부분을 지구 내부로 돌려보내는)과 같은 여러 자연 과정을 거치며 끝없이 뒤섞인다.

바다 침전물 속에 있던 탄소는 섭씨 1,500도가 넘는 화산 용암과 접촉하여 달구어진 뒤, 화학적으로 변형되어 지면을 향해 서서히 올라온다. 이렇게 변형된 탄소의 상당 부분이 바위 속에 규산염의 형태로 존재한다. 이 규산염들은 서서히, 그러나 꾸준히 이 물질을 공기와 강물 속에 흩뿌리는 바람과, 특히 비의 침식을 받는다. 그러고는 역시 자연스럽게 흐르는 빗물에 섞여 바다로 돌아간다.

이와 같은 탄소의 지구과학적 순환은 놀랍게도 물의 순환과 비슷하다. 바다에서 수증기 작용으로 공기가 된 물은 비의 형태로 땅으로 돌아왔다가, 다시 강물을 통해 바다로 흘러간다. 한 가지 다른 점이 있다면, 물은 몇 년 만에 순환을 마치는 반면, 탄소의 순환은 1억 년 이상 계속된다는 점이다. 바로 이 점이 온실효과 논쟁에서 탄소의 '무죄'를 뒷받침하는 또 하나의 과학적 증거이다.

어떤 자연 과정이 길면 길수록 그 안정성이 보장된다는 것은 자연의 기본 규칙에 속한다. 탄소가 변형되는 지극히 긴 시간은, 이렇듯 최대 300년으로 잡을 수 있는 인간의 '짧은' 개입 기간이 갖는 절대적 영향력을 부인한다. 이 기간 동안 인간이 대기 속에 보낸 탄소량이 과연 탄소라는 물질의 영구적인 순환을 수정할 만큼 대단한 것이었단 말인가.

언제부터, 그런데 진짜 뜨거워지고 있나

기후변화에 관한 정부간 패널(IPCC) 대변인은 기후 문제에 연관된 정치인들과 마찬가지로, 이런 사실을 인정하고 좀 더 탄력적인 태도를 보여야 한다. 더 늦기 전에, 우리가 30년 전부터 목격하고 있는 대기의 총체적인 온난화가 아주 오래된 과거에 '자연적으로' 발생한 온난화에 비하면 온건한 편이라는 사실을 인정해야 한다.

과학계와 정치계에서 목청을 높이고 있는 '걱정도 병인' 사람들은, 대기의 전체 온도가 인간에게 낯선 매개 변수(특히 천문학적인 원인)의 영향으로 변동하기 시작한 것은 산업적인 이산화탄소가 발생하기 이전부터였다는 사실을 시인해야 한다. 온실효과의 시대는 어쩌면 아직 시작되지 않았는지도 모른다. 더 낙관적으로는, 위험성이 높은 수치 모델로 연구하는 실험실말고는 아직 어느 곳에서도 온실효과는 나타나지 않고 있을 수 있다.

우리 사회, 더 나아가 전지구인이 다음과 같은 근본적인 질문에 대답하기도 전에 아무 준비 없이 기후 논쟁에 뛰어들었다는 것은 놀라운 일이다. "우리가 현재 목격하고 있는 전체적인 대기 기온의 변화 원인이 대부분 자연적인 것이 아니라는 점을 과학적으로 입증할 수 있는가?"

기후 변화를 극단적으로 주장하는 사람들처럼, 기후 변화론의 반대편에 놓인 가설을 완전히 제쳐놓아서는 결코 '사실'에 접근할 수 없다. 최근 수십 년간 사실로 받아들여진 일부 가설들은, 근래 기후 연구 분야에서 전혀 새로운 주장들이 제기되면서 완전히 재검토되고 있다. 불행히도 이 새로운 주장들은 과거 '사실'과 동떨어져 있다.

특히 1990년대 중반 이후 최신 위성들이 개발되어 고층 대기 기온을 측정할 수 있게 되었는데, 그 결과는 의미심장하다. 우리의 예상대로라면 상층 대기층은 지표면에서 측정된 것처럼 온난화 지수를 나타냈어야 하는데, 그렇지 않았던 것이다. 더군다나 우리는 아직 대기가 일정한 순간, 일정한 장소에 저장하는 열량이 어느 정도인지 알지 못한다. 이는 대기가 전체적으로 따뜻해져서 지구 구석구석에 전체적으로 똑같은 양의 에너지를 골고루 나누어주는 건지, 그렇지 않은 건지 잘 모른다는 얘기다.

온실효과, 믿어 말어?

"그렇다면 IPCC를 믿어야 하는 걸까?"

인간이 온실효과에 미치는 영향을 의심하는 일부 과학자들은 이렇게 질문한다. 이들은 극지에서 고기압이 주기적으로 형성되는 현상과 지구온난화 사이에 무슨 연관이 있지 않을까 추측하고 있다. 이렇게 만들어진 고기압이 지구의 다른 지역에서 한랭기단과 온난기단이 분배되는 방식을 변경할지도 모른다는 것이 이 과학자들의 생각이다. 그러나 불행히도 대중은 이런 과학적 의구심에는 관심이 없다. 이 가설을 확인하는 데에는 많은 연구비가 들어가는데, 아직 어디서도 돈을 대겠다고 나서는 곳이 없다.

온실효과를 설명하는 또 다른 가설은, 대기 중에서 열량이 분배되는 방식이 변했다는 것이다. 이러한 변화로 낮은 대기층에서는 더 높은 온도를, 높은 대기층에서는 반대로 더 낮은 온도를 유지하게 되었을지도 모른다. 하지만 이런 의문도 고도에서 대기 온도가 상승하는지 하락하는지 확실히 알지 못하는 상황에서는 추측에 불과할 뿐이다. 대기층 온도라는 방대한 주제는 아직도 컴컴한 미지의 영역에 잠겨 있다. 다만 최근, 상층 대기층의 온도가 약간 낮아지는 경향을 보인다는 연구 정도가 나와 있다.

'과학적으로 명백한 사실'로 알려진 일도 나중에 보면 그렇지 않은 사례도 적지 않다. 대표적인 예가 사헬 지역이다. 세네갈,

모리타니, 말리, 니제르, 차드로 이어지는 사막과 열대의 점이漸移 지대인 사헬은 한때 지구 기후 변화의 명백한 증거로 언급됐다. 그런데 사막화와 황폐함의 동의어였던 이 지역에 켜졌던 '기후 경보 신호'가 이제는 꺼졌다는 사실을 지금 누가 알고 있는가? 이 반가운 소식은 기후 변화를 전하는 '나쁜 뉴스'에 묻혀버렸다.

어쨌거나 사하라 사막의 가장자리에 있는 이 지역에 다시 규칙적으로 비가 내리고 있다. 다른 말로, 사헬 지대는 '더 이상' 온실 효과의 영향을 받지 않고 있다. 프랑스 연구팀의 주장에 따르면, 사헬 지대는 예상하지 못한 순환의 영향을 받고 있다. 이 아프리카 지역을 그토록 고통스럽게 한 가뭄의 원인을 파헤치기 위해, 지난 40년간 이 지역에 내린 강수량을 면밀히 조사한 결과 연구자들은 놀라운 사실을 발견했다. 우리의 예상과 달리, 지난 수십 년간 이 지역에 비가 전혀 내리지 않은 건 아니었던 것이다.

실제로 현저한 강수량 감소가 확인된 시기는 1970~1990년까지 20년 동안이었다. 이 시기의 강수량은, 특히 가뭄 피해가 가장 컸던 지역에서는 1950~1960년대에 측정된 평균 강수량의 절반을 넘지 않았다. 비가 거의 내리지 않은 시기는 1971~1974년까지 4년간이었다. 이 4년 동안의 극심한 가뭄이 사헬 지역을 기후 황폐화의 대명사로 만든 것이다. 이렇게 한번 우리 머릿속에 뿌리박힌 이미지는, 사실이 바뀌어도 좀처럼 수정되지 않는다.

1972년 황폐한 사헬의 모습(위)과 현재의 사헬(아래)

사헬은 온실효과로 인한 사막화의 명백한 증거로 선전되었으나, 1990년대부터 이곳에
다시 규칙적으로 비가 내리고 있다. 그러나 사막화와 기후 변화의 동의어로 얘기된 사헬
에 다시 바람직한 변화가 찾아왔다는 사실은, 지구가 뜨거워진다는 '나쁜' 뉴스에 가려져
제대로 알려지지 않았다.

사헬에 다시 비가 내린다고?

그러나 사헬 연구가 가져다준 진정한 가르침은 다른 곳에 있다. 이 지역이 비옥하지 못한 것은 남쪽에서 북쪽으로 상승하는 '고전적인' 계절풍 때문이 아니라, 계절풍으로 인한 두 가지 서로 다른 강수 현상 때문이라는 것이다. 이 둘은 각각 대서양과 대륙에서 발원하여 오는데, 먼저 발생하는 대서양 계절풍은 해를 넘기면서 안정적으로 움직여 비를 가져오는 것으로 추정된다. 반면 동쪽 대륙에서 불어오는 두 번째 계절풍은 그 형성 과정이 훨씬 더 불확실하다. 그런데 불행히도 사헬 지대는 위도상 대서양 계절풍보다 이 변화무쌍한 대륙풍의 영향을 더 많이 받는 위치에 있다. 사헬 지역에 내린 강수의 90퍼센트가 이 계절풍에서 비롯된 것이다.

이 발견은 기후 논쟁을 뜨겁게 달구었다. 한편으로, 사헬 지역에 부는 두 계절풍은 아프리카에 내리는 비가 어떻게 분포하는지 이해하려면 그 전에 선행해야 할 연구가 많이 있음을 보여줬다. 그래야만 이 지역의 날씨 변화가 인간 때문인지, 아니면 자연적인 것인지 알 수 있다.

다른 한편으로, 1990년대부터 사헬에 다시 비가 내리기 시작했다는 것이 확인되었으니, 이제는 가뭄의 출현에서 온실효과의 증거를 찾는 것이 어려워졌다. 처음에 '소심하게' 내리던 비는 차츰 1970년대 이전의 평균치에 가까워지고 있다. 다시 비가 내리는 것이 대기 중 이산화탄소 배출량의 변화 때문이라고 말할 수는 없다. 지난 10년간 이산화탄소 배출량이 감소하지 않았을 뿐만 아니라 오히려 그 반대였기 때문이다.

"사실은 아직 더 두고봐야 해"

현재 고층 대기의 오염 상황이 기후 전체에 어떤 영향을 미치고 있을까? 기후와 관련하여 잘못 알려진 사실로는 또 어떤 것들이 있을까? 아직 밝혀내야 할 과제는 많지만, 분명한 점은 '아직' 지구온난화나 온실효과를 기정사실화하기엔 이르다는 것이다.

군사 작전상 최초의 기상위성을 쏘아 올린 지 40여 년 만에, 미국은 대단히 복잡한 대기 분석 및 관측용 우주 로켓을 만들어 냈다. 2003년 1월 25일, 나사가 궤도에 진입시킨 이 로켓의 제작에는 무려 9,600만 달러(우리 돈으로 1천억 원)가 투입됐다. '소스 SORCE'(Solar Radiation and Climate Experiment: 태양 복사 에너지와 기후 실험)라고 명명된 이 인공위성은 전자공학 분야에서 서구 국가가 개발한 테크놀로지의 최신 완결판이다.

그런데 미국의 이 야심찬 계획은 그 자체로 온실효과가 아직 명백히 입증되지 않은 것임을 보여준다. 나사는 소스가 "기후 변화를 일으키는 자연적 원인과 인위적 결과 사이를 구분할 것"이라며, 기후 문제를 더 확대시키려 했지만 소용없었다. 결국, 나사 책임자들은 "연구자들이 미래의 기후 변화를 이해하려면, 지구 기후의 자연적인 변이형들에 대한 장기적인 자료가 더 많이 필요하다."고 고백해야 했다.

이를 위해서는 적어도 5년간의 측정 자료가 있어야 한다. 과학자들은 가뭄에서부터 피부암과 같은 건강 관련 문제는 물론이고, 오존O_3 손실에 이르기까지 기후 문제의 핵심은 "태양의 움직임"이라고 말한다. 그래서 소스의 주요 활동 내용은, 태양이 지구에 보내는 방사선이나 엑스선·자외선처럼 투과성이 큰 광선의 속도를 측정해서 상세히 기록하는 일이다. 아직 그 영향의 정도를 정확히 가늠하기 어렵지만, 이 광선들도 고층 대기의 오존층 두께에 영향을 주어 기후에 강한 영향을 미칠 수 있다고 보기 때문이다.

따라서 이 계획으로 신뢰할 만한 모델을 갖추려면, 소스 위성이 충분한 자료를 수집할 때까지 여러 해를 더 기다려야 한다. 자료가 충분히 모이면, 이를 근거로 대기 움직임을 분석하여 그 상관관계를 이끌어낼 수 있을 것이다.

그렇게 되면 분명 태양 표면에서 평균 11년 주기로 관찰되는 검은 반점인 '태양 흑점'이 어떤 역할을 하는지도 밝혀질 것이다. 흑

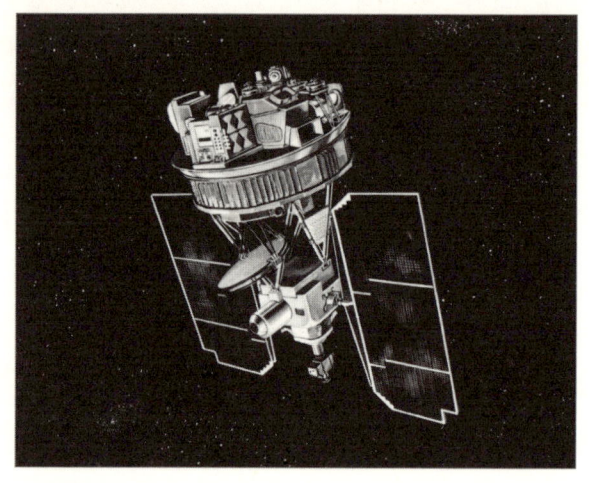

2003년 나사가 쏘아올린
기상 관측용 우주 로켓 '소스'

우리 돈으로 1천억 원을 들여 만든 이 로켓은 지구의 대기를 분석하고, 관측하는 일을 맡고 있다. 나사는 소스 로켓이 "기후 변화를 일으키는 자연적 원인과 인위적 결과를 구분해줄 것"이라고 했지만, 이 로켓은 역설적으로 온실효과 연구가 아직 미흡하다는 사실을 보여준다. 미래의 기후 변화를 이해하려면, 기후의 자연 변이형들을 더 오랫동안 연구해야 한다는 것이다.

점의 존재는 태양이 불안정하며 활동적임을 나타낸다. 흑점은 기온 등 지구에 미치는 영향이 크기 때문에, 11년을 주기로 증감하는 태양 흑점 수의 변화 주기를 '태양 활동 주기'라고 부른다.

이렇듯 300년 전에 소빙하기를 일으킨 물리적 과정은 여전히 대부분 미스터리로 남아 있다. 특히 이때가 태양이 흑점을 가장 적게 내포한 시기에 해당한다는 사실은 여전히 그 인과관계가 베일에 싸여 있다.

혹시 엘니뇨가 문제일까

대기의 전체적인 온난화를 규명하기 위해선, 고층 대기의 온실가스 축적 여부와 그 원인부터 알아야 한다. 이에 대해서는 자연스런 현상이라는 주장을 포함해, 여러 가설이 존재한다. 태양 활동의 자연적인 가변성 외에도 모든 변동, 다시 말해 주기적인 변화의 원인 역시 아직 확증되지 않은 상태이다. 시간이 좀 더 흐르면, 기후 문제를 속시원히 풀어줄 전혀 뜻밖의 결과들이 발표될지도 모른다.

관련 연구 중에는, 지구가 태양 주위를 공전하며 받는 여러 유형의 태양 광선들이 변하는 양상을 추적하는 연구도 있다. 이에 따르면 지구의 연간 운동, 즉 공전은 정확히 원이 아니라 살짝

타원을 그리기 때문에, 지구가 받는 태양열의 지속성에 영향을 미친다. 더 복잡하게는, 지구 공전 축의 기울기는 고정돼 있지 않고 몇 년 혹은 몇 천 년을 주기로 변하며, 이 기울기가 클수록 계절 변화도 크다고 한다.

기후 연구에서 지구 궤도 연구가 중요한 것은, 지구의 남북 양 반구 중 각 반구가 태양에 노출될 때 일어나는 천문학적 움직임 때문이다. 이 움직임은 지구 대기에 영향을 미쳐, 기후 변화로까지 이어질 수 있다.

이 현상들만 제대로 규명되면, '엘니뇨' 같은 순환적인 기후 현상들이 어떻게 형성되는지도 밝혀질 가능성이 높다. 아시아에서 남아메리카 해안을 따라 2~7년을 주기로 올라오는 이 난류는 지구상 상당한 지역의 기후에 영향을 미친다. 엘니뇨는 여러 세기 전부터 페루 해안에 나타난 것으로 알려져 있는데, 주로 크리스마스 시즌에 발생하여 그 이름도 아기 예수의 탄생에 빗대어 에스파냐어의 '어린아이(El Niño)'가 되었다.

1970년대까지는 엘니뇨를 단순히 남아메리카의 원양어업을 활성화시키는 호재 정도로만 이해했다. 많은 물고기 떼가 성장에 적절한 난류를 따라 이동해왔기 때문이다. 그런데 인공위성을 통해 바다를 감시하는 시대에 이르자, 엘니뇨 현상이 주기적으로 대기 순환에 악영향을 미친다는 사실이 드러났다. 열대 지역에서 두드러지는 엘니뇨는, 몇 년씩 계속되면서 특히 대서양의 기온 상승과 무역풍의 방향 전환, 그리고 남아메리카 일부 지역의 강수량 증가 등 항상 똑같은 기후 변화를 동반했다. 이러한 기후 변화는 다른 지역에까지 영향을 미쳐 아시아에서는 계절풍이 강화되고, 미국과 캐나다에선 '따뜻한 겨울'이 나타나고 있다.

과학자들은 이 '엔소Enso'(El Niño Southern Oscillation: 남방의 변동 엘니뇨) 현상이 더 먼 지역에까지 그 영향력을 확대하지 않을지 의구심을 품고 있다. 더 멀리 확산되는 대신, 눈에는 더 잘 띄지 않는 방식으로 말이다. 엘니뇨 같은 현상은 분명 지구 전체의 기후와 깊은 연관이 있을 것으로 추정된다. 그러나 이에 대한 관심은 탄소 연구에 비해 지극히 미미한 수준이다. 이는 상당히 유감스러운 일이 아닐 수 없다. 엘니뇨가 지구 기후에 미치는 영향은 온실효과보다 점점 더 직접적으로 나타나고 있기 때문이다.

12
우리가 만일 기후 전쟁을 치르고 있다면?

베트남 전쟁 때 '하필' 큰비가 온 이유

이제 좀 다른 얘기를 해보자. 우리가 만일 기후 전쟁을 치르고 있다면?

여기서 이산화탄소는 다른 차원의 얘기다. 열강들은 이미 전략적 혹은 경제적 목적으로 이 '기후 무기'를 갖추고 있다. 그 무기란 바로 마이크로파를 사용하여 기후를 바꾼다는 '그림자 무기'〔마크 필터먼Marc Filterman이 지은 『그림자 무기Les Armes de l'ombre』에 나오는 신무기〕이다.

단순히 웃고 넘어갈 일이 아니다. 이 황당한 이야기를 이미 많은 전문가들이 진지하게 언급하고 있다. 다만 그 경고를 과학계에서 귀담아듣지 않고 있을 뿐이다.

날씨를 조절하여 적을 물리친다는 생각은 새로운 것이 아니다. 아프리카 주술사들만 가뭄을 물리쳐줄 비를 내려달라고 불을 지폈던 것은 아니다. 대지를 적시는 정도가 아니라, 폭우를 내려 상대 부족을 쓸어버려달라고 빌기도 했다. 마찬가지로, 우박 대포 역시 먹구름 퇴치용으로만 쓰였던 것은 아니다.

1960년대와 1970년대, 베트남 전쟁을 벌이던 미국도 우박 대포의 원리를 전쟁에 이용했다. 미군이 공산군에게 밀리자, 펜타곤〔미국 국방부〕전술가들은 사이공〔지금의 호치민으로, 통일 이전 남베트남의 수도〕으로 이어지는 길이 계속되는 큰비로 물에 잠기는 상상을 했다. 그러자면 거대한 적운을 형성할 구름씨를 '파종'해야 했다. 수천 톤의 요오드화은을 실은 미군 수송기가 태평양의 열대 구름떼 한가운데에 투입되었다.

1970년대 초반, 계절풍이 불 때마다 베트남 지역에 쏟아진 큰비가 미국의 작전과 어떤 연관성이 있었는지 아직 밝혀진 바는 없다. 그러나 30년 전에 이미 인간이 전쟁에서 승리하기 위해 기후 무기를 사용하려 했다는 것은, 이후 미국을 비롯한 선진국들이 기후 무기에 대해 가졌을 관심을 짐작하게 한다.

미국이 베트남 전쟁 때 기후 무기를?

1970년 초반, 베트콩의 반격으로 궁지에 몰린 미국 펜타곤은 큰비를 내려 적의 진격로를 막는 상상을 했다. 실제로 수천 톤의 요오드화은을 실은 미군 수송기가 태평양의 구름띠 한가운데로 날아갔다. 그러나 당시 베트남에 쏟아진 큰비와 이 작전의 연관성은 아직 밝혀지지 않고 있다.

'기후 무기'가 진짜 있을까

이제 요오드화은은 더 복잡한 과학기술, 즉 가까운 미래의 전투에서 요긴하게 사용될 전자파에 자리를 넘겨줬다.〔'전자기파'로도 불리는 전자파는, 전기가 흐를 때 그 주위에 동시에 발생하는 전기장과 자기장을 합쳐서 이르는 말이다.〕

새롭게 진행된 연구들은 더 이상 비를 활용하는 수준에 머물지 않았다. 더 대규모로 한 지역의 기후에 이상을 일으키는 것이 연구 목표였다. 미국과 마찬가지로, 러시아도 20세기의 마지막 20년 동안에 비밀 실험으로 기후를 '온난화'시켰다는 의심을 받고 있다. 확실한 건 그런 연구들이 분명히 존재했다는 사실이다.

1970년대 말엽, 소련이 미국 영토를 대상으로 개발에 몰두한 전자기 공격에 대한 우려의 목소리가 미국 내에서 높아졌다. 이 무기의 전략적 효율성은 여전히 과학계에서 논란거리지만, 이론적으로 그 작동 원리는 신빙성이 있어 보인다. 소련이 계획한 기후 전쟁의 개념은, 목표 지역의 대기가 강력한 전자파를 받도록 한다는 것이었다. 대기가 전자파에 노출되면, 그 속에 있는 온실가스 입자들의 전기량 역시 증폭된다.

전자렌지의 작동 원리를 생각해보면 쉽다. 이제는 일상화된 이 주방 도구의 전자파는 레이더 관측 영역에서 쓰이는 것과 유사한 주파수로 발사되어 내용물을 '폭격'하고 꿰뚫어서, 마침내 데운다.

기후 전쟁에 응용된 이 '열처리' 방식은, 잠수 중인 핵잠수함과 은밀한 교신을 주고받을 수 있을 만큼 주파수가 낮은 전자파를 이용한다. 이 전자파를 강력한 세기로 발사하면, 파장은 그대로 유지된 채, 다시 말해 그 위력에는 변함이 없이 상당히 멀리까지 전달된다. 문제는 이 전자파가 대기 속 입자들의 전기량을 바꿀 만큼 그 양이 충분한가 하는 것이다.

미국이나 러시아는 지금까지도 이 전자무기 실험 사실과 그 결과를 감추고 있다. 일부 전문가들의 말에 따르면, 지난 30년간 북반구에서 관찰된 여러 기상 재해 중 일부는 이 전자무기 실험이 가져온 결과일 수 있다고 한다. 그 대표적인 예가 1970년대와 1980년대 북미 중앙 지역에 내린 큰비다. 캐나다는 그 직후 10년 동안 기록적인 규모의 눈과 혹독한 겨울을 몇 차례 겪어야 했다.

『그림자 무기』에서, 마크 필터먼은 1999년 12월 25일과 26일에 서부 유럽을 강타한 두 차례의 격렬한 폭풍이 기후 전쟁의 뜻하지 않은 결과일 수 있다고 주장한다. 미국 워싱턴이 공산주의에서 벗어난 러시아의 새롭게 부흥하는 경제 활동을 방해하기 위해 북대서양 위에서 대기를 조작했을 수 있다는 것이다.

여기에서 이런 가설들의 진실성을 딱 잘라 말할 수는 없다. 더 상세한 내용은, 이 책의 말미에 소개된 인터넷 사이트를 참조하면 도움이 될 것이다. 여기서는 다만 대기의 움직임에 전기적 영향을 미치려고 하는, 과거 주술사 흉내를 내고 있는 인간들에게 심각한 경고 메시지를 보내는 과학자들의 수가 점차 늘고 있다는 점만 기억해두자.

알래스카에선 지금 무슨 일이…

이와 관련하여, 적어도 그 용기만큼은 가상한 한 정치가의 사례를 살펴보자. 유럽의회〔유럽연합EU의 입법부〕의원이었으며, 현재 벨기에 보건장관인 마흐다 알브트Magda Aelvoet는 지난 1997년에 미국이 1994년부터 극지방에서 비밀리에 기후 실험을 하고 있다고 폭로했다. 일명 '하프HAARP'(High Frequency Auroral Research Program: 고주파 극광 연구 프로그램)라고 이름 붙여진 이 실험의 공식적인 목적은 극지방의 대기 상층부에서 일어나는 에너지 교환의 과학적 특성을 연구하는 것이었다. 극지방에서는 일명 '극광'이라고 불리는 잘 알려지지 않은 전자기 현상이 발생한다.

그런데 이 계획은 미국 공군과 해군의 공동 감시 아래 진행되었을 뿐만 아니라, 매년 약 360만 달러〔우리 돈으로 38억 원〕의 예산이 투입되고 있으며, 그 시작 단계부터 '비밀 방위'체제에 포함되어 그 진짜 목적에 대한 끊임없는 의혹을 낳고 있다. 더욱

이 구체적인 실험 내용에 대해 알려진 바라고는, 알래스카의 앵커리지 북동쪽에 위치한 군사 기지에 거대한 48개의 안테나 망을 설치하고, 이를 통해 대기 상층부에 강력한 전자기 충격을 주입한다는 것뿐이다.

벨기에의 평화안보 연구단체 그리프GRIP에서 작성한 과학 보고서에 따르면, 알래스카에서 미군이 진행한 실험에서 수천만 와트의 전력이 방출되었을지 모른다고 한다. 이는 일반적인 과학 실험에서 방출될 수 있는 전력량을 훨씬 웃도는 수준이라는 것이 전문가들의 지적이다. 미국이 알래스카에서 새로운 유형의 무기를 실험하고 있다는 주장이 나오는 것도 무리는 아니다. 과학자들은 더 구체적으로, 이 신무기는 강력한 전자기를 방출하여 적국의 무기 체제 혹은 장비의 전기 회로를 합선시키는 역할을 할 것이라고 추측한다.

1980년대에 로널드 레이건 대통령이 추진한 '우주 방패'〔우주기지에서 곧장 발사되는 요격 미사일〕 계획은 좌절됐으나, 이후 미국 대통령들〔부시와 클린턴〕은 이 계획을 포기하지 않고 다른 방어 방패의 실험을 최대한 서두르도록 지시했다. 바로 이것이 마흐다 알브트가 폭로한 하프 계획, 곧 전자파 방출 실험이다.

미국은 왜 알래스카에
안테나 망을 설치했을까?

1997년 세상에 알려진 '하프' 실험의 공식적인 목적은 극지방의 대기 상층부에서 일어나는 에너지 교환을 연구하는 '과학적인' 데 있다. 그러나 알래스카 군사 기지에 거대한 안테나 망을 설치하고, 이 망으로 대기 상층부에 강력한 전자기 충격을 가하는 이 실험의 진짜 목적은 여전히 의혹에 싸여 있다. 애초에 이 실험이 '비밀 방위 체제'에 포함되어 있을 뿐만 아니라, 여기서 방출되는 전력량이 일반적인 과학 실험에 방출되는 양을 훨씬 웃돌기 때문이다.

'마른 하늘에 날벼락' 하프 계획

이런 얘기를 하고 있노라면, 지금 우리가 마치 공상과학 속 세계에 살고 있는 듯한 착각에 빠지게 된다. 어쨌거나 확실한 것은, 방위 체제나 마이크로파 요격 체제가 현재 지구상 많은 국가들의 군사 연구소에서 논의 혹은 실현되고 있다는 점이다. 프랑스만 해도, 장애물을 설치한 뒤 회로를 합선시켜 이 장애물에 전기를 통하게 하는 방법으로 모든 교통수단을 꼼짝 못하게 하는 '[전기] 방사放射 대포'를 실험한 것이 분명하다.

2010년 이전에는 모든 선진국들이 〈스타트렉〉[공상과학적 내용의 TV 시리즈물]에나 나올 법한 소요 진압용 대포를 구비하게 될 전망이다. 그렇게 되면 경찰은 호스로 물을 뿌리거나 최루탄을 발사하는 대신, 마이크로파를 발사하여 시위자들을 몰아낼 것이다. 이때 시위자들은 불에 데이는 듯한 느낌을 받게 되는데, (실제로 화상을 입지는 않는다.) 이 느낌은 사용된 방사원의 강도와 근접 거리에 따라 더 강하게 느껴질 수도 있고 그렇지 않을 수도 있다.

기술적인 측면에서 이런 무기들은 재래 무기보다 더 효율적이다. 물론 방출되는 에너지 출력은 하프 계획에서보다 훨씬 더 작다. 그러니 지금 알래스카에서 무슨 일이 일어나고 있는지 의문을 품는 것은 당연하다. 실제로 이 막대한 에너지 방출 실험은 어떤 잠재적인 위험을 내포하고 있을까? 하프 계획에 대해

마흐다 알브트는 다음과 같은 의문을 제기했다.

"이 실험이 지구 대기와 그 지역에 거주하고 있는 주민들에게, 또 비행기를 타고 그 지역을 지나는 사람들에게 아무런 위험도 미치지 않는다고 누가 장담할 수 있는가?"

이 질문은 아직도 대답을 기다리고 있다. 1999년, 마흐다 알브트는 벨기에 전문가들의 연구 결과에 근거하여, "독립적인 국제 조사위원회를 구성하여 하프 계획을 자세히 검토할 것"을 유럽 의회에 공식 요청하는 투표를 제안하기도 했다. 그런데 이후 진전된 사항이 아무것도 없는 상황에서, 미국은 오히려 앞으로 알래스카에 설치한 안테나 수가 3배가 되면 대기에 방출되는 전력량도 그만큼 늘어날 것이라고 발표했다.

이 비밀 아닌 비밀 프로젝트 하프는 어쩌면 온실효과보다 더 실질적으로 대기 균형에 영향을 미칠지도 모른다. 그러나 국제 과학 공동체는 이 위협에 큰 관심을 보이지 않고 있다.

휴대폰 전자파가 지구 기후를?

그러나 지구 기후를 위협하는 전자파는 비단 하프 같은 '음모적' 실험에서만 나오는 건 아니다. 이제는 '공식적인' 전자파 방출에 대해서도 의문을 품어야 한다. 지금 우리는 전자 에너지가 범람하는 시대에 살고 있다. 유럽만 해도, 공중 배급망에서 고전압과 중전압을 분리하는 간단한 과정에서 엄청난 양의 전자기가 대기 속으로 유실되고 있다. 그 양은 대략 총 전기 생산량의 10퍼센트에 해당한다. 매 순간마다 수백만 킬로와트Kw의 전자기가 유럽의 대기 속으로 흩어지고 있는 셈이다. 이것만으로도 아프리카 여러 국가들의 전기 수요를 충당할 수 있을 정도라 하니, 실로 막대한 에너지 유출이 아닐 수 없다.

어쩌다 이렇게 되었는지, 이것이 환경에 미칠 악영향은 없는지 정확하게 아는 사람은 아무도 없다. 유출된 전자기는 주파수 폭이 큰 파장의 형태로 발산되어, 대기 하층부에서 고전압 전선망을 이루고 있는 대단히 긴 안테나를 따라 흩어진다. 이에 비하면 그 유출량은 미미해도, 휴대전화기 사용이 인간의 두뇌에 미치는 영향도 그냥 간단히 넘겨버릴 문제가 아니다. 그런데도 전선에서 발생하는 전기 손실이 우리의 대기 속에 존재하는 다른 화학적·유기적 구성 요소들과 상호작용하는 방식을 연구하는 사람이 없다는 사실은 놀라운 일이다.

물론 전문가들의 말에 의하면, 지구 대기가 지닌 흡수력은 인간 활동에서 나오는 전자파로는 어떤 영향도 미치기 어려울 만큼 어마어마한 규모라고 한다. 아마도 이 주장이 옳을 것이다. 그러나 미국이 현재 알래스카에서 대기 중에 쏘아 올리고 있는 전자파는 인간의 일상적 활동의 수준을 넘어서는 양이다. 그리고 기후학과 기상학 전문가들은 모두 하프 계획의 존재를 알고 있다. 그런데 그중 이 연구가 전개되는 방법이나 그 결과를 아는 사람은 아무도 없다. 연구 결과를 공유하는 데 익숙한 국제 연구 공동체의 관행이 깨졌단 말인가.

오직 미국과 러시아만이 이 문제에 대한 진실을 밝힐 수 있다. 그러나 그들은 여전히 입을 다물고 있다.

13
지구온난화를 둘러싼 놀라운 가설들

온실효과와 탄소는 반드시 필요하다

이처럼 대기의 균형에 영향을 미치는 위협 요소는 여러 가지
다. 그런데 이 위협에 대한 우리의 관심은 한쪽으로만 쏠려 있
다. 우리는 왜 기후의 자연적 변동이나 전자파로 인한 기후 교
란 가설은 무시하거나 제외시키는 것일까? 이에 대해 전혀 혹은
거의 알지 못하면서 말이다. 그러면서 온실효과와 탄소 문제에만
촉각을 곤두세우고 있다. 마찬가지로 아는 바는 별로 없지만 말
이다.

다시 말하거니와, 과학적으로 온실효과와 탄소가 지구 대기에
해로운 역할을 한다고 확정된 바는 없다. 오늘날 모든 생명 유기

조직의 토대인 탄소가 궁극적으로 인체에 좋다고 주장하는 것은 불경한 짓이 될 것이다. 그러나 인간의 미래를 생각할 때, 탄소는 적어도 두 가지 면에서 반드시 우리에게 필요한 원소이다. 첫째로 그토록 지탄받고 있는 온실효과에 '기여'하고, 둘째로 식물의 성장을 도와 궁극적으로 대기 속 산소량을 풍부하게 한다.

온실효과가 없으면 빙하기가 찾아온다

우선 몇 가지 고정관념에 갇혀 있는 온실효과부터 구출해보자.

최근 진행된 고대 지질시대 기후 분석(큰 사막의 말라붙은 호수 침전물이나, 얼음벌판 속의 얼음 등을 분석)은 대부분, 과거에는 지구 대기 속에 가스와 먼지가 많이 섞여 있지 않았음을 보여준다. 당시에는 지구가 열 균형을 유지하기 위해 우주로 돌려보내는 태양 에너지의 일부를 2만~3만 미터 고도에서 붙잡는 분자들이 없었던 것이다.

현재의 온실효과 논쟁은 온실효과와 관련한 두 가지 진실을 의도적으로 외면하고 있다. 첫째는 온실효과는 항상 증가했다는 점이고, 둘째는 온실효과가 인간의 생존에 없어서는 안 될 현상이라는 점이다.

온실효과를 일으키는 '온실기체'(온실가스)란 명칭은, 지구와 태양 사이의 열 교환에 영향을 미칠 수 있는 모든 대기 입자를 가리킨다. 마치 온실의 유리 구조물처럼, 이 분자들은 하늘에서 우리에게 도달하는 모든 방사 단계에서는 완전히 투명하게 보이지만, 지구에서 우주로 되돌아가는 적외선의 방사를 방해하는 역할을 하고 있다. 다른 비유를 들자면, 온실효과의 위협은 사람이 직사광선에 노출된 자동차 안에 갇혀 있을 때 받는 위협과 비슷하다. 차 안 온도가 점차 올라가면서, 그 안에 탄 사람은 처음에는 서서히, 나중에는 빠르게 더위에 질식할 것이다.

그러나 단적으로 말해, 온실효과가 사라지면 우리는 다시 빙하기를 맞을 수도 있다. 만일 태양에서 오는 열기가 일부 가스성 입자들(특히 수증기, 이산화탄소, 메탄) 때문에 대기 하층부에 쌓이지 않는다면, 지표면의 평균 온도는 대략 영하 20도까지 떨어질 것이다. 간빙기의 15~16도나, 대빙하기(홍적세)의 7~8도보다 더 낮은 영하 20도까지.

이는 온실효과가 지구의 열 조절을 담당하고 있으며, 더 나아가 문명의 발전에도 기여했음을 말해준다. 온실효과가 없었다면, 생명체는 완전히 다른 방식으로 진화했을 것이다. 어쩌면 인간이 생겨나지 못했을지도 모른다.

온실효과가 사라지면 빙하기가 찾아온다

과학적으로 온실효과가 지구 대기에 해로운 영향을 미친다고 입증된 바는 없다. 오히려 온실효과는 인간의 생존에 없어서는 안 될 자연현상이다. 만약 이 온실효과라는 '차단막'이 사라지면, 태양열이 대기 하층부에 쌓이지 않게 되고, 결국 지표면의 온도는 영하 20도까지 떨어질 것이다.

이산화탄소는 인간에게 이롭다

지금까지 온실효과는, 지구가 우주로 다시 내보내는 태양열을 오존층이나 구름 같은 강력한 자연 거울이 흡수·반사하는 자연적인 작동 원리를 통해 유지돼왔다. 그러나 온실효과가 담당하는 열 조절 능력은 시대에 따라 달랐다.

극지 얼음 속에 들어 있는 아주 오래된 공기 입자를 분석한 결과, 최소 50만 년 전부터 대기 중에 포함된 이산화탄소 분자 수는 항상 세제곱미터당 180~270개였음이 확인되었다. 공기 중 이산화탄소 비율이 가장 낮았던 시기는 빙하기였다. 지구가 따뜻해질 때마다 이산화탄소 같은 대기 속 온실기체의 비율은 언제나 높게 나타났다.

오늘날 인간 활동으로 인해 지구 대기에 온실기체가 과도하게 축적되어 공기 중 이산화탄소의 분자 수가, 이전에는 한 번도 측정된 적 없는 수치인 세제곱미터당 360개에 이른다고 한다. 여기서 끝이 아니다. 가장 불길한 가설에 따르면, 이 비율은 21세기 말에 이르면 지금의 2배가 된다고 한다. 그러나 온실기체의 축적이 어떠한 결과를 가져올지 아직까지 확실히 알려진 바 없다.

현대의 재난 예언자들은 어찌 됐든 간에, 인간이 일으킨 오염이 지금 일어나고 있는 기후 변화의 큰 원인이라고 자신있게 결론짓는다. 지구를 가두고 있는 가스벽이 점차 두꺼워지며 꽉 막힌 '대기 온실'을 형성하는 한편, 지구의 태양열 조절 능력을 위험한 수준으로까지 제한할 것이다. 예언자들의 주장에 따르면, 이 과정은 대기의 온도 상승 사실이 입증하듯 이미 몇 십 년 전부터 시작되었는지도 모른다.

이 주장들은 나름대로 과학적 근거를 갖고 있다. 그러나 이는 아직까지 확실한 사실이 아니다. 현재 온실효과 논쟁이 뜨겁지만, 어느 누구도 지구를 보호해주는 온실효과가 지나친 수준에 이르렀다는 증거를 제시하지는 못하고 있다. 더 명백하게는, 고층 대기에 축적되고 있다는 탄소가 실제로 대기의 기능을 교란하고 있는지 확증되지 않았다. 오히려 예전보다 우리 머리 위에서 더 많이 형성되고 있는 탄소가 인간에게 이로운 역할을 할 수도 있다는 '말도 안 되는' 주장이 기상학 및 생화학 분야에서 나오고 있다.

탄소가 식물을 빨리 자라게 한다

지금까지 인간의 활동으로 고층 대기에 배출된 이산화탄소가 일으킨 오염 효과로는 어떤 것이 있을까? 대답은 "전혀 없다."이다.

그럼 반대로 이로운 효과는? 놀랍게도 "많이 있다."

2003년 봄, 영국의 과학 전문 주간지 《네이처Nature》에 미국과 일본이 벌인 흥미로운 공동 연구 결과가 실렸다. 이에 따르면, 지난 20년간 식물이나 미생물 등을 에너지원으로 이용하는 생물체인 '바이오매스Biomass'〔생물량 또는 생체량. 생태계의 순환 과정과 관련된 모든 유기체〕가 지구 전체 규모에서 5퍼센트 이상 증가했다고 한다. 특히 남아메리카의 바이오매스 증가량이 두드러져, 아마존 열대 우림 지역에서만 42퍼센트나 늘어난 것으로 밝혀졌다. 바이오매스량은 매년 1퍼센트 이상씩 증가하며, 사람들이 우려하고 있는 아마존 숲의 파괴에서 비롯된 손실을 폭넓게 보완해주고 있었다.

그렇다고 무분별한 벌채와 다양한 동식물군의 멸종 등 현재 아마존 지역에서 벌어지고 있는 인위적인 자연 파괴가 정당화되는 것은 아니다. 다만 이 연구에서 중요한 점은 30여 년 전부터 확인된 식물의 증가 '원인'이다. 연구자들은 이 기간 동안 기상 조건이 변하고, 대기의 탄소 함유량이 증가한 것이 식물 증가의 주원인이라고 보았다. 지구를 뒤덮는 구름층이 많아져서 식물이 차지하는 면적도 늘어나고, 계절풍으로 인한 강수량 역시 증가했다는 것이다. 한편 햇볕이 잘 들고 습한 기후에서 잘 자라는 식물들의 증가는, 대기의 탄소 함유량이 10퍼센트 정도 증가한 사실과 직접적인 연관이 있다. 이들 식물의 광합성 능력이 증폭되었기 때문이다.

현재 유포되고 있는 극단적 비관론의 흐름을 거스르는 이 같은 사실은, 지난 몇 년간 발표된 다른 연구들에서도 확인된다.

미국의 여러 대학들이 연구한 바에 따르면, 1980년대 초반 이후로 미국 내 곡물 경작 수확량이 20퍼센트 이상 증가했다. 그 사이에 생산 기술의 결정적인 진보가 없었으니, 이와 같은 수확량 증가는 이 시기의 기온 상승 때문으로 볼 수밖에 없다고 연구자들은 말한다. 비슷한 예로, 프랑스에서는 전나무들이 1세기 전보다 2배나 더 빨리 자란다는 사실이 최근 밝혀졌다. 이는 수적으로 급증하고 있는 인류의 미래를 생각할 때 대단히 중요한 사실이 아닐 수 없다.

우리가 배출한 이산화탄소가 다 쌓이지는 않는다

지구의 탄소량이 차고 넘친다는 우리의 생각을 뒤집는 연구 결과도 있다. 이스라엘의 바이스만Weismann 과학원 연구자들은, 대기의 '탄소 미스터리'와 관련하여 탄소의 '부족한 총량'이라는 연구 결과를 내놓았다. 우리가 산업 활동을 통해 배출한 탄소량과 실제 대기 속에 존재하는 탄소량이 서로 맞지 않는다는 것이다. 대기 중에 배출된 것으로 추정되는 탄소량의 막대한 부분이 늘 부족하다고 한다.

과학자들이 온갖 방향으로 이리저리 계산해보았지만, 그 부족분은 아직 찾지 못했다. 세계경제협력기구(OECD) 추산에 의하면, 우리 지구는 매년 약 220억 톤의 이산화탄소를 대기 중에 배출하고 있다. 그런데 대기 중 이산화탄소 함유량은 이 배출량의 절반치에 불과하다. 총 배출량 중 바다로 돌아간 것으로 보이는 양을 제외한다 해도, 대기 오염에 책임이 있는 연간 70억 톤 가량의 탄소가 부족하다.

이스라엘 연구진은 또 지구에서 가장 메마른 지역에 속하는 이스라엘 남부의 네게브 사막에 조성한 인공 숲이 왜 예상했던 것보다 훨씬 더 빠른 속도로 성장했는지를 연구했다. 그리하여 오늘날 대기 구성 요소 중 가장 큰 비율을 차지하는 이산화탄소가 식물이 가뭄을 잘 견딜 수 있게 도와준다는 사실을 알아냈다.

광합성 과정에 필요한 탄산가스, 즉 이산화탄소를 받아들이기 위해 모든 식물은 잎을 대기 중에 노출시켜야 한다. 논리적으로, 대기에 노출되는 시간이 길수록 이산화탄소를 더 많이 받아들여서 더 빠르게 성장하게 된다. 식물은 이 와중에 또 다른 자연 과정에 노출되는데, 바로 식물 자체가 함유하고 있는 습기의 증발이다. 습기가 낮은 환경에서 살아남기 위해, 식물들은 자체의 성장을 제한하는 일이 있더라도 자율적으로 잎의 개방을 제한할 줄 안다. 이스라엘 과학자들이 밝힌 점도 바로 이것이다.

네게브 사막의 인공 숲은 왜 잘 자랄까?

이 물음의 답은 이산화탄소에 있다. 이스라엘 남부의 네게브 사막에 조성한 인공 숲이 빠른 속도로 성장하는 이유는, 이 지역 대기에 많이 함유된 이산화탄소 때문이다. 식물은 이산화탄소를 많이 흡수할수록 더 빠르게 성장하고, 이산화탄소는 식물의 잎 개방을 제한하여 가뭄을 잘 견디도록 도와준다. 대기 온도가 3도 상승하면, 농업 생산량은 20퍼센트 증가한다는 연구 결과도 있다.

네게브 사막에 조림한 인공 숲이 그토록 잘 자라는 것은 지난 몇 십 년간 대기 중 함유 비율이 높아진 탄산가스가 잎의 개방을 계속 제한하면서, 동시에 식물의 성장을 활성화시켰기 때문이라고 한다. 다시 말해, 대기에 탄소가 많이 함유될수록 식물이 더 잘 자란다는 것이다. 실제로 이 지역의 대기에서는 이산화탄소가 더 많이 측정됐다.

문제는 이산화탄소가 아니라 메탄이다

온실효과의 증가 탓으로 정리된 '기후 위협 선언'을 의심할 만한 근거는 또 있다. 바로 온실효과와 관련한 변화를 평가하는 방법이다. 이 평가 방법을 살펴보면, 탄소가 어쩌다가 이 기후 관련 스캔들의 '희생자'가 되었는지 이해할 수 있다.

인간 활동이 대기의 구성 비율에 미치는 영향은 두 가지 방법으로 측정된다. 인간이 대기 중에 퍼뜨리는 생성물의 축적 비율을 직접 측정하는 방법과, 더 복잡하게는 해당 생성물이 일으킨 온실효과를 따로 측정하는 방법이다.

첫째 방법은 이산화탄소 외에 현저하게 온실효과에 기여하는 다른 생성물들인 아산화질소N_2O, 메탄, 과불화탄화수소, 황S 성분이 응축된 입자, 수증기 등에 근거를 두고 있다. 최근 이산화탄소가 온실효과의 주범인 양 떠드는 사람들이 사용하는 방법이 바로 이것이다. 이들은 산업시대 초기부터 공기 중 이산화탄소의 분자 수가 세제곱미터당 270~360개를 넘었다며, 이산화탄소가 온실효과를 가져왔다고 단정짓는다. 그러나 앞에서도 밝혔다시피 50만 년 전부터 대기 중 이산화탄소의 분자 수는 항상 세제곱미터당 180~270개였다.

그런데 둘째 방법을 적용하면 상황은 달라진다. 탄소 이외의 '탄소 등가물'이 대기에 미치는 영향을 확인하면, 자연에서 일어나는 모든 유기적 발효에서 생겨나는 탁월한 천연가스인 메탄이 이산화탄소보다 온실효과를 23배는 더 유발할 수 있다는 결론이 나온다.

오늘날 실제로 온실효과가 증폭되고 있다면, 그건 인위적인 이산화탄소 배출량의 증가만큼이나 막대한 양의 메탄가스를 생성해내는 자연적인 변화에서 비롯된 것이다. 이는 기후 변화에 관한 정부간 패널, 즉 IPCC의 전문가들이 무시하는 시나리오이다. 그렇지만 이 시나리오는 지난 몇 년간 인간뿐만 아니라 동식물이 일으키는 오염이 고층 대기를 오염시키고 있다는 여러 가지 이론들을 만들어냈다.

이 가설들 중 일부는 놀랍다 못해 엉뚱하기까지 하다. 모든 가설은 다음과 같은 한 가지 생각을 근거로 하고 있다. 온실효과에서 메탄이 맡은 역할, 즉 우리를 위협하는 지구온난화에 메탄이 미치는 영향이 우리가 상상하는 것보다 훨씬 더 클지도 모른다는 것이다.

그리고 너무도 뜻밖으로, 생태학자들이 격찬해 마지않는 '녹색으로의 귀환'이 오히려 지구를 힘들게 하고 있다는 충격적인 주장도 있다. 그 이론의 가정은 이러하다. 지표면에 녹음이 우거진 면적을 늘리고, 개간되지 않은 토지는 그대로 놓아두는 현 자연 복원 정책이 오히려 온실효과에 기여하고 있다. 이러한 '인위적인' 개입이 생태학자들이 무시하고 있는 '녹색 오염'을 만들어내고 있는지도 모른다는 것이다. 이는 결코 무시할 수 없는 양의 메탄을 만들어내는, 지표면에서 분해되는 바이오매스의 양이 늘면서 가속화되는 오염이다.

아마존 밀림은 '지구 허파'가 아니라 오염원이다?

언뜻 듣기에는 놀랍지만, 논리적으로 추론해보면 불가능한 얘기도 아니다. 매년 증가 일로에 있는 바이오매스가 배출하는 메탄량이 산업쓰레기가 만들어내는 이산화탄소량보다 더 많다면, 그로 인한 대기 오염 정도도 더 심할 것이기 때문이다. 어떤 연구들은 아마존의 산림 벌채가 나쁜 일이 아니라는 주장의 근거로 이 자연 과정을 내세우기도 한다. '지구의 허파' 아마존의 산림을 훼손하는 것이 대기에 아무런 영향을 끼치지 않거나, 오히려 이로울 수 있다는 주장이 과연 타당한 얘기일까.

영국과 미국에서 진행된 이 연구들은, 아마존의 열대우림이 사람의 손길을 전혀 타지 않은 원초적인 숲이라는 전제에서 출발한다. 그곳에서 산업적인 목적으로 잘려지고 추출된 모든 것은 안정된 화학적인 상태로(일시적인 탄소 저장 방법) 유지되는 반면, 환경 보호를 위해 보존하고 있는 부분은 전혀 관리되지 않고 있다. 따라서 지금 당장, 그리고 앞으로도 식물 군락지로는 지구상에서 가장 큰 면적을 차지하고 있는 아마존 열대우림 지역이 존속하는 것이 환경에 가장 큰 위험일지 모른다는 것이다.

실제로 이 거대한 식물 밀집지는 자연스러운 방식이 아닌, 완전히 통제되지 않은 불규칙적인 방식으로, 어느 누구도 돌보지 않는 엄청난 '야생'의 바이오매스를 만들어내고 있다. 이 바이오매스는 사후 분해되는 과정에서 오염원이 된다. 어떤 연구 결과에 따르면, 아마존 숲이 부패하면서 연간 약 10억 톤의 메탄을 배출하고 있다고 한다. 메탄의 온실효과 유발률이 이산화탄소의 23배인 점을 감안하면, 매년 약 230억 톤의 탄소 등가물을 배출하고 있는 셈이다.

그러나 아직 단정하기엔 이르다. 이산화탄소와 마찬가지로, 메

아마존 산림 훼손이 오히려 지구 대기에 이롭다?

이 가설은 아마존 숲이 부패하면서 연간 10억 톤의 메탄을 배출하고 있다는 연구 결과와 연관이 있다. 자연에서 일어나는 모든 유기적 발효에서 생겨나는 천연가스 메탄은 온실효과 유발률이 이산화탄소의 23배에 달한다. 온실효과가 문제라면, 우리가 경계해야 할 것은 이산화탄소가 아니라 메탄일지도 모른다. 그래서 메탄을 함유한 소 방귀와 트림이 대기 오염의 또 다른 요인이라는 말도 나오는 것이다.

탄의 위협에 대해서도 이를 입증할 어떠한 과학적 증거도 아직까지 없기 때문이다. 그러나 그 해로운 역할이 확인된다면, 지금까지 진행된 '별로 중요하지 않았던' 메탄 연구가 우리 삶의 양태를 근본적으로 바꿀지도 모른다. 특히 영양 섭취 면에서 그러하다. 실제로 유럽에서 진행된 많은 연구들은, 뉴질랜드에서 사육되는 수백만 마리의 양들이 소화 과정에서 배출하는 막대한 양의 메탄가스가 온실효과에 결코 무시할 수 없는 영향을 끼칠수 있음을 밝혀냈다.

너무 엉뚱한 생각일까? 그렇다면 미국의 과학자들이 발표한 내용도 살펴보자. 지금으로부터 약 6,700만 년 전에 공룡들이 멸종한 까닭은 메탄 때문일지 모른다. 개체 수가 급증한 공룡들이 음식을 소화시키는 과정에서 엄청난 양의 메탄가스를 배출했고, 이 때문에 대기가 오염되고 기후가 불순해져, 결국 공룡들의 생존마저 위협하는 지경에 이르렀다는 것이다.

다소 보수적인 성향의 프랑스 국립농업시험소(INRA)조차, 점차 산업화되고 있는 프랑스의 농업 활동에서 배출되는 온실가스 배출량이 프랑스 전체 배출량의 20퍼센트를 차지할 거라는 추정치를 내놓았다. 농업 활동으로 만들어지는 온실가스 중에는 토양을 경작할 때 나오는 아산화질소[질산암모늄을 열분해할 때 생기는 기체]도 일부 있지만, 가축들이 소화할 때 내뿜는 메탄이 가장 큰 비율을 차지한다.

프랑스 농업시험소에 따르면, 동물들이 대기 중에 배출하는 '탄소 등가물 가스'는 매년 2,400만 톤에 달한다. 그러니 풀을 뜯어먹고 이를 소화시키는 과정에서 메탄을 배출하는 가축이 프랑스보다 1만 배는 더 많을 것으로 추정되는 미국 대륙에서 '소리 없이' 만들어지고 있는 오염의 규모가 어느 정도일지 상상할 수 있다.

열대기후 · 전염병 · 태풍이 지구 종말을 가져온다?

핵으로 요약되는 1970년대 냉전시대를 보낸 뒤, 1980년대에 등장한 종말론은 그 내용이 완전히 바뀌었다. 이때부터는 이산화탄소가 종말론의 핵심으로 떠올랐다. 과학적으로 타당한 수준의 경고도 있었지만, 다른 '예언'들은 말 그대로 세상의 종말을 예고하는 것이었다.

'가벼운' 예언 중에는 위도상 파리나 런던, 베를린 등이 있는 좌표의 날씨가 열대로 바뀔 거라는 내용이 있었다. 그리하여 21세기 초부터, 2003년 여름 유럽을 휩쓴 것 같은 폭염이 내내 계속될 거라는 예언이었다. 다행히 아직 그런 일은 일어나지 않았다. 현재 유럽의 전형적인 '유럽풍' 외양에 집착하는 이들에게는 참으로 다행스러운 일이 아닐 수 없다. 그들은 파리 샹젤리제 거리에 코코넛

나무들이 즐비하게 늘어서 있는 꼴을 참지 못했을 테니까.

그러나 다른 예언들은 가벼운 수준이 아니었다. 극심한 더위가
전염병과 초강력 태풍을 동반하여 찾아올 것이라는 주장도 있었
고, 심지어 세계보건기구(WHO)조차 위생적인 측면에서 상대적
으로 낙후된 중앙유럽 지역에서는 기후 변화가 삽시간에 식수의
수질을 떨어뜨릴 것이라고 경고했다. 같은 맥락에서 아프리카 일
부 국가에서 주기적으로 발생하는 콜레라 같은 풍토성 질병들이
다시 출현할 것이라고도 했다.

영화로도 만들어진 장 지오노Jean Giono의 『지붕 위의 기병Le
Hussard sur le toit』에 등장하는 것 같은 전염병이 다시 돌지도 모
른다는 생각은 물론 다소 과장된 것이었다. 그러나 그런 유형의
콜레라가 여름철 서유럽에까지, 특히 대도시에 인접한 판자촌에
다시 나타날 수도 있다는 우려는 일반적이었다. 다른 보고서에
따르면, 특히 21세기 초에 이탈리아·스페인·포르투갈·프랑스·
영국·독일, 그리고 스칸디나비아 남부에 위치한 국가들이 두려
위해야 할 질병은 말라리아였다.

이 미래학자들은 평균 기온이 섭씨 2~3도 상승하면, 말라리아
매개체인 모기들의 활동이 활발해질 거라고 경고했다. 열대 지역
에서 매년 250만 명의 사람을 죽게 하는 이 열병의 매개체들이
지구 남쪽에서 발생하는 대형 기류나 정기 노선 취항기를 타고

유럽을 덮칠지도 모른다. 그나마 다행인 것은 구대륙에는 남풍이 적은 편이고, 유럽의 모든 항공사들은 말라리아가 발생하는 나라에서 출항하는 비행기들에 체계적으로 살충제를 뿌리고 있다. 혹 이 과정에서 살아남은 모기가 몇 마리 유럽 공항에 도착한다 하더라도 추위를 견디지 못하고 죽을 것이다.

1980년대에 예고된 지구온난화 가설의 특징은, 적도 근방 열대 지역에서 일어나는 급격한 기후 현상이 온난한 지역에까지 침범할 거라는 것이었다. 구체적으로 말해, 똑같은 대기 소용돌이를 일컫는 사이클론과 허리케인, 태풍 등이 유럽 지역을 휩쓸 것이라는 예측이었다. 실제로 이 거대한 저기압의 발달을 막아주던 낮은 대서양 온도가 1980년대 들어, 특히 고위도 지방에서 사이클론이 발달할 수 있는 27도까지 높아졌다. 이제 예언은 사실로 자리잡는 듯했다. 사람들은 바닷가 풍경이 변할 거라고 얘기했다. 열대 지방처럼, 바람에 송두리째 날아간 뒤에도 재활용할 수 있는 함석 지붕이 유럽 해변을 뒤덮을 것이다.……

2100년에 지구 절반이 물속에 잠긴다?

'기후 종말론'은 점점 더 충격적인 예언을 내놓았다. 2100년에 지구 평균 기온이 섭씨 4.5도만 상승해도, 비극지뿐만 아니라 극지방의 얼음까지 대부분 녹아내릴 거라는 추측은 사람들의 등골을 오싹하게 만들었다. 100만 세제곱킬로미터의 비극지 얼음과 2천 만 세제곱킬로미터의 극지 얼음이 액체 상태가 되면, 불과 몇십 년 안에 해수면이 100미터 이상 높아질 것이다.

관련 연구들은 한결같이 이 사실을 상기시켰다. 과거에도 일어났던 일이 지금 다시 일어나지 말란 법은 없었다. 밭을 갈다가 작은 조개 껍질이나 물고기 화석만 발견해도, 이젠 화들짝 놀라며 먼 옛날 지구를 덮쳤다는 기후 재앙을 떠올렸다. 그 옛날 폭염기 때에는 바다가 육지를 뒤덮고 있었다는데, 유럽 대부분도 바다였다는데……. 실제로 지난 4천만 년 동안 그런 일이 10여 차례 일어났던 건 틀림없는 사실이다.

이렇게 예측된 기후 대이변 이후의 지리학은 사람들을 더 큰 충격에 빠뜨렸다. 기후 대이변 이후, 유럽 지도에서 현재의 외양을 유지할 곳은 이베리아 반도뿐이었다. 영국은 동서 길이가 300킬로미터를 넘지 않는 남북으로 길쭉한 돌기부에 지나지 않으며, 아일랜드는 코르시카 만한 섬 3개로 남고, 프랑스 부르타뉴 지방은 그보다 더 작은 섬이 된다. 지중해는 북아프리카의 대부분을 뒤덮고, 이 와중에 계곡은 해협으로 바뀐다. 바다는 스칸디나비아와 발트 국가들, 폴란드, 우크라이나까지 삼킨다. 파리, 런던, 암스테르담, 함부르크, 모스크바, 키에프 등의 도시들

1856년 프랑스를 덮친 대홍수가 전세계를 휩쓴다?

'온실효과 · 지구온난화' 같은 생소한 말을 일상용어로 만들어버린 '기후 종말론'은 점점 더 충격적인 예언을 내놓고 있다. 특히 2100년에 지구 평균 기온이 4.5도만 상승해도, 극지방의 얼음이 다 녹아내려 지금보다 해수면이 100미터 이상 높아질 거라는 주장은 예언을 넘어 '협박'에 가깝다. 그러나 IPCC 기후 전문가들조차 21세기 말까지 해수면이 아무리 높아져도 50센티미터를 넘지 않을 거라고 말한다.

은 수심 수십 미터 아래에 완전히 잠긴다.……

이 어찌 사람들을 공포로 몰아넣는 종말론의 이미지가 아니겠는가. 파리의 에펠탑은 이산화탄소의 시대가 도래하기 이전에 존재한 '황금시대'의 유물처럼 탑 꼭대기만 간신히 물 밖으로 내밀고 있을 것이다.

배를 타고 에펠탑을 관광하고, 잠수함을 타고 수장된 도시를 둘러보는 상상은 재미있지만 오싹하다. 만에 하나, 실제로 그렇게 바닷물이 불어나면 세계는 막대한 피해를 입을 수밖에 없다. 우선 역사적 유산과 산업 시설의 절반이 물속에 잠길 것이다. 시애틀과 샌프란시스코 일부 구역을 제외한 미국의 모든 해안 도시도 고스란히 피해를 입어 로스앤젤레스, 보스턴, 뉴욕, 워싱턴, 마이애미는 지도에서 완전히 삭제되고, 플로리다 주의 절반 정도는 침수될 것이다.

그러나 이러한 해수면 상승으로 가장 극적인 결과를 맞게 될 곳은 아시아와 태평양 지역이다. 실제로 거주 가능한 면적이 프랑스의 3분의 1에 불과하면서, 현재 1천만 명 이상이 거주하는 일본 열도는 절반 이상이 물에 잠길 것이다. 이 현상이 아무리 서서히 나타난다 해도 결과는 마찬가지다. 수백만 명 이상의 일본인이 조국을 떠나야 할 것이고, 조직된 국가로서의 일본은 사라질 것이다. 중국 연안과 필리핀, 인도의 사정도 이와 크게 다르지 않다.

결국 남반구 전 지역이 사라질 것이다. 비교적 저지대에 속하는 모든 육지가 태풍이 불 때마다 물에 잠기거나 홍수 피해를 입을 텐데, 방글라데시와 몰디브, 멜라네시아 제도(뉴기니·솔로몬·피지 등), 오스트레일리아의 3분의 1 정도가 이런 지역에 해당된다.

물론 인간은 먼 옛날 같은 일을 겪고도 살아남았다. 마르세유 근처 지중해 연안의 작은 만에서, 수심 37미터 깊이에서 그 입구가 발견된 코스케 동굴은 2만 년 전에는 공기 중에 완전히 노출되어 있었다. 크로마뇽인들은 바닷물이 차 오르기 전, 기원전 1만 6000년 무렵까지 수천 년간 이 동굴 속에 거주하며 수많은 벽화들을 그렸다.

21세기 말까지 아무리 높아져도 50센티

그러나 가장 비관적인 주장을 받아들인다 해도, 이런 예상은 어디까지나 상상에 불과하다. 음울한 IPCC 전문가들조차 몇 십 년 동안 50미터는커녕, 지금부터 21세기 말까지 최대 50센티미터 정도의 해수면 상승이 일어날 수 있다고 했다. 그리고 결정적으로, '육지 수장설'은 현재의 총체적인 온난화 현상이 매우 현저하게 증폭될 경우에만 일어날 수 있는 일이다.

이는 바꿔 말해, 앞으로 20~30년 동안 대단히 강한 온난화 과정이 진행된다고 하더라도 해수면의 높이에는 별 영향을 미치지 않는다는 이야기다. 설사 해수면이 상승한다고 해도, 그건 나일 강 삼각주, 방글라데시, 태평양 제도처럼 지구상에서 가장 낮은 지역에 예전보다 더 자주 홍수가 일어나는 정도일 것이다.

물론 이 위협이 더 분명해진다면, 흘러드는 바닷물을 막아낼 대규모 토목공사를 추진해야 한다. 그러나 위협에 직면한 사람들은 위기를 극복할 방안을 짜내고, 베니스 같은 일부 연안 도시들을 보호할 대책도 마련할 것이다. 그렇게 되면 아마도 영국이나 프랑스, 이탈리아처럼 바다에 면한 나라들의 연안 지대는 대형 폭풍과 춘·추분의 조수 피해에 더 취약해지겠지만, 이는 또한 지난 수십 년간 발전시킨 연안 지역의 건축술을 다시 검토할 기회이기도 하다.

어떤 경우에도 해수면 상승이 그 옛날처럼 우리 사회를 크게 위협할 가능성은 그리 크지 않다.

지구온난화는 멈출 수 있다

최근 발표된 자료에 의하면, 2100년 무렵이 되면 대기의 전체 온도는 산업화 이전 수준에 비해 1.5~4.5도쯤 상승할 것이라고 한다. 이는 거꾸로, 지난 몇 년 사이에 시작된 기온 상승이 향후 몇 십 년 안에 멈출 수도 있다는 얘기다. 과학자들 가운데 지구온난화를 피할 수 없다고 굳게 믿었던 이들은 이 사실에 배신감을 느끼고 있다. 그러나 우리가 바라든 바라지 않든 간에, 이 수치는 현재 벌어지고 있는 논쟁의 핵심 요소이다. 유수의 과학자들이 15년 이상 이 수치 산정에 매달렸는데도, 아직까지 그 변화 규모에 대한 예측은 불명확하다. 이런 상황에서 누가 감히 지구온난화의 진실을 말할 수 있단 말인가.

더 심하게는 지구온난화 주장이 오락가락하고 있다고도 볼 수 있다. 세기말의 가장 더운 해로 기록된 1998년부터 오히려 온난화 현상이 약해지고 있는 것으로 나타났기 때문이다.

낙관적인 IPCC 전문가들은 현 기상 예측의 신뢰도를 95퍼센트로 평가한다. 이 신뢰도는 이미 발표된 기후 변화를 근거로 계산한 것으로, 여기서 매개변수들의 유효성은 고려되지 않았다. 기상 예측 분야의 결정적인 문제점은 대단히 근시안적인 사고틀 안에 갇혀 있다는 것이다.

실질적으로 우리가 대기를 엄중히 감시하기 시작한 것은 불과 40여 년 전부터이다. 그러나 대기의 일부 자연 변동들은, 지구의 공전 주기와 관련된 변동들처럼 그 주기가 이보다 훨씬 더 길다. 행성 규모의 일시적인 섭동攝動(한 천체의 궤도가 다른 천체의 인력으로 교란되는 현상) 주기는 아직도 잘 알려져 있지 않다. 또한 전세계 하늘에 무수한 화산재를 퍼뜨린 1884년의 인도네시아 크라카토아 화산 분출(인류 역사상 최악의 화산 폭발) 이후 4년 동안 예민한 변동들이 관측되기도 했다.

과학자들은 1세기 전 극지방에서 일어난 대규모 기류의 움직임을 재구성하려고 노력하고 있지만, 구체적인 자료를 구하지 못해 애를 먹고 있다. 1900년에 북극 지방의 수백만 세제곱킬로미터를 덮친 기후 조건을 추정하는 데 필요한 세 가지 자료, 즉 더웠다거나 추웠다는 것을 알려주는 기온 자료, 바람의 방향과 세기 자료, 대기 압력의 변화를 보여주는 자료가 부족한 것이다. 그래서 다만 북반구 전체의 기상학이 북극 기후에 상당한 영향을 미쳤을 거라는 추정만 하고 있다.

따라서 장차 대기가 온실기체의 농도 증가에 어떻게 반응할지를 정확히 예측하려는 시도는 이중으로 무모한 계획에 속한다. 과학자들은 온실가스 배출량이 어떻게 증폭되는지를 정확히 모르고 있을 뿐만 아니라, 더 근본적으로 오염물질의 추가적인 배출이 기후에 어떤 영향을 미칠지 모르고 있다. 그리하여 대단히 불확실한 여러 가지 시나리오를 토대로, 대단히 불확실한 이론 모델들만 내놓고 있다.

'열 무력증' 걸린 바다가 온난화 늦춘다

현 단계에서는 어느 누구도 하늘과 바다 사이의 열량 교환 규모와 같은 근본적인 수치들을 정확히 산출해내지 못하고 있다. 뿐만 아니라 여러 온실효과 요인들 가운데 수증기의 움직임이 어떤 식으로 작용하는지도 불분명하다. 결국 온실효과와 관련된 여러 요소들은, 지구가 새로운 열량 균형을 맞추기 위해 취하는 방법에 전혀 예측할 수 없는 방식으로 작용할 것이다. 그래서 어느 누구도 극지 얼음이 어떻게 해서 녹는지 알아내지 못하는 것이다. 이와 관련하여 우리가 풀어내야 할 더 복잡한 과제는, 태양이 방사한 적외선을 우주로 반사하려면 어느 정도 규모의 구름층이 있어야 하는지 계산해내는 것이리라.

기후학자와 수치 모델 제작 전문가들 역시 기후 변화와 관련하여 믿을 만한 추측을 하려면 앞으로도 몇 십 년은 더 연구를 해야 한다고 시인한다.

지구온난화 문제를 풀어줄 유일한 단서라면, 대기의 총체적인 온난화가 그 어느 곳보다도 고위도 지방에서 확연할 것이라는 점이다. 실제로 극지방에서 기온 상승이 최대로 나타난다. 2003년 10월, 모스크바에서 열린 정상회담에서 러시아연방 대통령인 블라디미르 푸틴은 온실효과에 대해서 "그다지 걱정할 것이 없다."고 선언했다. 오히려 러시아 국민이 "겨울에도 모피가 필요

없게 되었으니 반가운 일"이라고 했다.

푸틴이 어떤 의도에서 이런 말을 했는지는 알 수 없으나, 이와 같은 발언은 그가 기후와 관련한 종말론적인 시나리오를 그다지 신뢰하지 않음을 보여준다. IPCC 전문가들도 현재 그들이 염려하는 기후 온난화가 적어도 2100년까지는 극단적인 기후 현상이 증가하는 정도로만 나타날 것이라고 말한다. 그런 현상들이 구체적으로 언제 일어날지는 더 세밀히 계산해야 한다.

다만 여기서 우리가 말할 수 있는 것은, 지난 세기말에 팽배했던 종말론적인 기우가 차츰 상대적인 낙관론으로 기울고 있다는 점이다. 여기에 오랫동안 무시돼온 매개변수, 즉 바다의 열 무력증이 확인되면서 낙관론이 더 힘을 얻고 있다.

'열 무력증'은 받아들이는 열의 총량이 늘어나도 그에 상응하는 반응을 하지 않는 현상으로, 대륙에서보다 바다에서 훨씬 더 뚜렷이 나타나고 있다. 바다는 오랫동안 따뜻한 상태를 유지해왔기 때문에, 대기가 따뜻해져도 바닷물과 공기 사이의 상호작용은 상당 기간 동안 변화가 없을 것이다. 우선 이 작용이 훨씬 더 직접적으로 진행되는 지면과 대기의 상호작용 지역, 즉 대륙 지역의 기후 조건이 온난화의 영향으로 변화하는 데에도 1세기는 족히 걸릴 것이다.

IPCC의 예측에 따르면, 이런 이유로 인해 1세기 뒤부터는 극지에서 가까운 지역에서는 기온 상승이 현저히 나타나고, 열대 지역에서는 현재의 기후 조건이 '급진화'할 것이라고 한다. 그리하여 비가 많이 내리던 계절풍 지역에서는 비가 더욱 거세지고, 반대로 현재 비가 적게 내리는 곳에서는 가뭄 현상이 더욱 강화된다고 한다. 그러나 현재로서는 정확히 어디에 비가 많이 내리고, 어느 곳이 더 건조해질지 정확히 예측하기는 어렵다. 확실한 것은 이 과정이 사헬 지대에서 시작되지는 않을 거라는 점뿐이다.

이런 관점에서 20여 년 전부터 예전보다 더 자주 남프랑스를 강타하는 큰비를 설명할 수 있을까? 그렇지 않다. 일부에선 오히려 남프랑스가 가뭄에 시달릴 것이라고 예측하고 있다. 이 사례는 온난한 지역의 기후 변화와 관련하여 현재 과학계에서 벌이고 있는 논쟁의 양상을 드러낸다. 한쪽에선 이들 지역이 다른 곳에 닥쳐오는 커다란 변화에서 제외될 것이라고 예상하는 반면, 다른 쪽에서는 온난한 지역이 가까운 미래에 과거보다 훨씬 더 혹독한 추위와 세찬 비, 강렬한 더위, 숱한 폭풍에 시달릴 것이라고 내다보고 있다.

이를 종합해보면, 격렬한 기후 이변이 일어난 뒤에는 반드시 온실효과가 나타난다는 얘기다. 그런데 과학자들을 포함하여 많은 사람들은 이미 과거에도 그 순서만 달랐을 뿐, 기후 이변과 온실효과가 번갈아 일어났던 사실을 모른 체하고 있다.

실제로 해수면은 높아지지 않는다

얼마 전부터 새롭게 떠오르고 있는 주장이 있는데, 바로 온실효과가 현재 규칙적으로 움직이고 있는 대서양의 해류 체계를 완전히 교란시켜서 온난한 기후 자체를 사라지게 할 수 있다는 것이다. 실제로 대기 온난화가 바다의 열 안정성을 더 강화시켜서, 급기야 해류의 움직임을 멈추게 할 수도 있다는 기후 예측 모델도 존재한다.

그렇게 되면 프랑스에서는 멕시코만류〔대서양 북서부를 북동류하는 해류〕가 약해지거나 사라져서, 유난히 온난한 기후가 찾아올 수 있다. 멕시코만류가 사라지면 겨울은 훨씬 더 추워질 것이고, 여름 기후 역시 현재 서유럽에서 나타나는 것과는 다른 양상으로 전개될 것이다. 좀 더 북쪽으로 올라가서, 스칸디나비아가 '다시' 겨울에 구대륙에서 가장 온난한 지역이 될 수도 있다. 지금으로부터 약 1천 년 전, 바이킹 대장 에릭 더 레드가 '푸른 땅'〔그린란드〕을 찾아냈던 중세의 기후 최적기 때처럼.

그러나 이런 극단적인 기후 유형이 구체적으로 언제 시작될지는 확실히 밝혀진 바가 없다. 이 기후 모델들이 설정한 방향으로 가고 있음을 알려주는 경계 신호들조차 때론 사실과 일치하지 않는다.

한 세기 전부터 목격되고 있는 해수면 상승이 대표적인 사례이다. 해수면이 높아진다고 하는데, 전세계적으로 보았을 때 명백한 해수면 상승은 나타나지 않고 있기 때문이다. 특히 바다의 해수면 높이를 사방에서 세밀히 관측하여 지구로 전송하는 위성들의 측정치는 지구물리학자들을 당황하게 만들고 있다. 위성들이 측정한 해수면의 변화가 과학자들이 계산한 것과 일치하지 않기 때문이다. 대서양과 태평양의 수위는 실질적으로 높아지는 경향을 보인 반면, 레이저 시스템의 도움을 받아 우주에서 측정한 지중해의 수위는 20세기 중반에 비해 오히려 6센티미터 이상 낮아져 있었다.

이 역설을 설명하기 위해, 막대한 규모의 인위적인 배수가 지중해의 해수면을 낮추고 있다는 가설이 동원되었다. 해수면의 하락 규모를 감안할 때 그다지 설득력은 없어 보이지만, 이 가설은 적어도 카스피 해의 수면 하락 이유는 설명해준다. 러시아 남서부와 카자흐스탄, 아제르바이잔 등 여러 나라에 둘러싸인 세계 최대의 내해內海 카스피 해는, 현재 수위가 다른 바다의 평균 수위보다 30미터나 낮은 상태이다. 러시아 서부를 흐르는 볼가 강의 자연 유량을 절반 이상 빼앗아가는 코카서스 산맥의 집중적인 관개 공사의 영향으로 수위가 매년 10센티미터 이상씩 낮아지고 있기 때문이다.

따라서 해수면 상승을 지구온난화의 증거로 말하기에는 아직

해수면이 다른 바다보다 30미터나 낮은 카스피 해

지금 바다 높이가 높아지고 있다고 하는데, 실제로는 명백한 해수면 상승의 증거는 아직 없다. 오히려 기상위성이 측정한 지중해의 수위는 20세기 중반보다 6센티미터 이상 낮아진 상태이다. 이 모순을 해결하기 위해 인위적인 배수가 지중해의 해수면을 낮추고 있다는 가설이 동원되었다. 실제로 카스피 해는 인근 관개 공사의 영향으로 매년 수위가 10센티미터씩 낮아지고 있다.

이르다. 또한 가까운 과거에 일어난 어떤 기상 재해도 과학적으로 온난화의 증거라고 딱 잘라 말하기 어려운 측면이 존재한다. 1999년 말, 크리스마스 기간에 서부 유럽을 강타하여 프랑스에서만 80명의 목숨을 앗아간 두 차례의 격렬한 대폭풍 때에도 이를 기후 변화의 징조로 여기는 생태학자들과 좀 더 신중하게 지켜보자는 기상청 관계자들의 견해가 대립했다. 기상청 사람들의 얘기는, 이런 유형의 기후 현상은 앞으로도 되풀이하여 발생할 가능성이 높은 '정상적인 기후 돌발 현상'이라는 것이었다. 실제로 1999년 이후로는 유럽에 강렬한 폭풍이 다시 찾아온 적이 없고, 2003년 여름의 대폭염 때에도 그 예외적인 더위 이후로는 완전히 일상적인 기온을 되찾았다.

히말라야 빙하가 녹아서 네팔을 덮친다

그럼 빙하가 녹아서 지구를 뒤덮을 거라는 가설은 어떠한가? 만일 대기 온도가 계속 상승한다고 해도 그 변화 속도는 '빙하가 녹듯' 매우 더딜 거라는 전망이 우세하다. 그러나 빙하의 용해가 0.6도라는 지구 기온 상승이 가져온, 거의 유일한 '가시적인' 위협인 것만은 분명하다. 걱정 많은 전문가들이 자신있게 제시하듯, 산악지대 빙하의 용해는 장차 재난을 일으킬 수 있다.

이 위협을 경고하는 것은 또 다른 재난 시나리오가 아니라, 2002년에 발표된 유엔환경계획의 매우 공식적인 보고서이다. 이 보고서의 요지는, 지구온난화로 인해 빙하가 녹아서 아시아 여러 국가들을 위협하고 있다는 것이다. 유엔의 감시 아래 부탄과 네팔의 과학자들이 진행한 이 연구에 따르면, 네팔의 20개 호수와 부탄의 24개 호수 인근 지역에 사는 100만 명 이상의 주민들이 직접적인 위협 아래 놓여 있다.

30년 전부터 히말라야 산맥에 닥친 비정상적인 기온 상승이 이 고지에 위치한 호수들의 수위를 높이고 있어서, 시급한 대책을 마련하지 않는다면 앞으로 몇 년 안에 호수들이 범람할 가능성이 높다는 것이다. 만약 호수들이 범람하면, 호수 하류에서 500킬로미터 이상 떨어진 지역들까지 치명적인 피해를 입을 것이라고 보고서는 전망했다.

특히 위험한 곳이 네팔의 초롤파 호수이다. 매년 30~40센티미터씩 줄고 있는 인근 빙하들이 녹아내리면서, 최근 몇 년 사이에 이 호수의 수면 면적은 6배나 늘어난 상태이다. 이대로 가다가는 적어도 5년 후에는 한계점에 도달하여, 엄청난 양의 호수 물이 호수에서 108킬로미터 떨어져 있는 도시인 트리베니까지 파괴할 것이다. 1만 명 이상의 주민과 수만 마리의 가축, 그리고 수천 헥타르의 경작지가 이 재난의 위협 아래 놓여 있다. 이 재난은 향후 수십 년간 네팔 경제를 회복 불가능한 지경으로 만들 것이다.

극지 빙하가 녹아도 해수면은 상승하지 않는다

이 위협은 매우 실질적이고 가시적이다. 그렇다면 우리가 늘상 듣고 있는 극지 빙하가 재난을 일으킬 가능성은 어떠할까. 일부 과학자들은 21세기에 지구온난화가 계속 이어지면 극지 얼음이 녹아내릴 거라고 주장하지만, 이 주장이 과학적 근거를 얻으려면 우선 해결해야 할 문제가 있다. 지구 대기의 온난화는 극지 얼음을 위에서부터 녹일까, 아니면 밑에서부터 녹일까?

이 현상은, 밤에 잠을 잘 때 이불을 턱수염 위로 덮어야 할지 아래로 덮어야 할지 결정해야 하는 '아독 선장 신드롬Captain Haddock syndrome'을 제기한다. 쉬운 예로, 컵에 든 얼음은 위에서부터 녹을까, 아니면 밑에서부터 녹을까? 만일 온실효과가 오로지 기온 상승 때문에 나타난다면 극지방의 빙하는 현저하고도 빠르게 '위에서부터' 녹을 것이다.

그러나 온실효과가 미치는 영향은 단순히 기온 상승만이 아니다. 대기는 더워지기만 하는 게 아닐 것이다. 온실효과는 강수 체제에도 큰 변화를 가져올 수 있다. 고위도 지방에서는 온화해진 날씨와 함께 더 많은 비가 내릴 것이다. 그렇다면 극지의 빙

빙하는 위에서부터 녹을까,
밑에서부터 녹을까?

과학자들은 지구온난화가 계속되면 극지 빙하가 녹아내릴 거라고 주장하지만, 그들은 아직 빙하가 어디서부터 녹는지도 모르고 있다. 온실효과가 오로지 기온 상승 때문에 나타난다면, 빙하는 위에서부터 녹을 것이다. 그러나 온난화로 극지방에 더 많은 눈비가 내리면, 빙하는 녹지 않고 더 넓어지고 두꺼워질 수 있다.

하들은 녹는 것이 아니라, 오히려 면적이 더 넓어지고, 어쩌면 현재보다 더 많은 눈이 내려 더 두꺼워질지도 모른다. 또한 대기 온도가 5~6도 정도 상승하더라도 극지방의 평균 기온은 20도 이상 오를 리 없다고 가정할 때, 기후가 온난해져도 극지방의 기온은 영하 10도 정도에 머물 것이다. 참고로 21세기 초 현재, 극지방의 평균 기온은 영하 33도이다.

이렇듯 지구온난화는 처음엔 오히려 바다의 해수면을 낮추는 것으로 시작될 가능성이 높다. 이 온난화 초기에 극지 빙하는 매우 서서히, 그리고 오직 '밑에서부터' 녹을 것이다. 따뜻해진 바다와 맞닿는 부분만 녹을 테니까. 빙하의 윗부분은 오히려 엄청난 눈 속에서 두꺼워질 가능성이 높다. 이 경우, 남반구에서는 빙하가 대부분 대서양이 아닌 암석이 많은 남극 대륙에 있기 때문에 극지방 얼음이 녹는 일은 없을 것이다. 북대서양과 태평양 수면에 떠 있는 남극의 얼음들만 더워진 바다와 접촉하며 차차 크기가 줄어들 것이다.

이 모든 과정은 다시 말하거니와 매우 서서히 진행된다.

여기서 다시 유리컵 속의 얼음으로 돌아가보자. 잔에 스카치위스키를 따르고, 그 속에 얼음 조각들을 넘치지 않을 만큼 채워 넣으면 어떻게 될까? 얼음이 녹더라도 위스키는 넘치지 않는다. 잔 속에 담긴 위스키 양은? 얼음이 녹으면 위스키의 농도는 연해져도, 잔에 담긴 위스키 양에는 변함이 없다. 그럼 극지 빙하가 녹으면?……

지구온난화 이용해먹는 법

지구온난화를 정치적으로 본다면…

지금으로선 어느 누구도, 설사 초강대국 미국이 나서더라도 지구 경제와 산업 발전의 무시할 수 없는 이면인 대기 오염을 막지는 못한다. 그러나 우리의 미래가 반드시 비관적인 것만은 아니다. 미래에 대한 낙관적인 시각은, 오히려 비관론보다 더 구체적인 추론과 사실들을 근거로 하고 있다.

우리가 알아둬야 할 사실은 온실효과의 위험을 외치는 반복적인 경고 메시지들이 대개는 정치적 성격을 띠고 있다는 점이다. 사람들에게 어떤 메시지를 주입하기 위해서는 내내 강경한 어조를 유지해야 한다. 그러므로 그 목소리에 맞서려면, 그에 못지않은 충분히 과격한 논거를 항상 준비해두어야 한다.

'대온실효과 투쟁'을 선동하는 측에서 내세우는 논거는 예방 원칙이다. 혼란이 확실해진 다음에는 이미 늦으리……

물론 이 '예방 원칙'은 그 자체로는 높이 살 만하다. 그러나 끝까지 이 논리만을 밀어붙이는 것은 오로지 한 가지 목표, 즉 모든 발전에 제동을 걸겠다는 말밖에는 안 된다. 다른 '무공해' 에너지원을 충분히 가진 쪽에선 이산화탄소 배출량 제한에 선뜻 동의할 수 있다. 그러면 아직도 추위에 떨고 있고, 무공해 에너지원도 없는 사람들은 어떻게 하란 말인가.

19세기 중반에, 철도는 운송수단으로서 미래가 없다고 주장한 대단한 학자가 있었다. 열차 속도가 시속 40킬로미터를 넘으면, 승객들의 피가 얼어붙을 것이기 때문이라고 했다. 다행히 당시 이 학자의 말을 믿은 사람은 아무도 없었다. 그러나 만일 이 학자가 정치적·지적 맥락에서 강력한 철도 반대 로비를 벌였다면 어떻게 되었을까? 예방 차원에서 철도의 발전을 가로막지 않았을까?

지금으로부터 20여 년 전, 프랑스는 하마터면 '완행 테제베'(TGV. 프랑스 초고속열차)를 개발할 뻔했다. 프랑스 남동부 론 강 인근의 포도 재배자와 일부 주민, 그리고 이들과 연합한 자연보호론자들이 고속열차가 론 계곡을 지나가면 땅이 울려서 포도송이들이 떨어질 우려가 높다고 초고속열차 운행을 반대했기 때문이다.

온실효과 논쟁도 이와 다르지 않다. 온실효과 상승의 잠재적인 위협을 없애기 위해, 우리 사회의 발전을 완전히 차단해야 한다는 말인가. 더 구체적으로, 서구 선진국들이 나서서 중국을 포함한 제3세계 국가들의 발전을 가로막겠단 말인가.

중국의 석탄 사용을 어떻게 막을 수 있나

2003년 폭염으로 돌아가보자. 유사한 폭염이 당장 일어나지는 않는다 해도, 언제 다시 찾아올지 모르는 폭염에 대비하여 사람들은 에어컨 시설을 갖추려고 할 것이다. 단지 쾌적한 생활을 위해서든, 더 나아가 더위로 인한 죽음을 예방하기 위해서든지 간에. 그럼 우리는 장기적인 에너지 관리 차원에서, 에너지를 많이 소비하는 이런 제품들을 사지 못하도록 막아야 하는 걸까?

미래의 에너지 문제를 생각해보면, 이산화탄소 문제는 '새 발의 피'일 수 있다. 앞으로 100년 뒤에는 수소와 핵융합 문제로 골치를 썩힐지도 모른다. 그때가 되면 현재 우리가 이산화탄소에 대해 느끼는 두려움은 아무것도 아닐 수 있다.

온실가스의 생성과 배출을 막는다는 것은, 지구상 대부분의 지역들이 지닌 강한 발전 욕구를 무시하고 억압하는 일이다. 선진국의 정치인들은 이 사실을 잘 알고 있다. 그들이 온실효과 감

대기 오염 때문에 중국의 발전을 가로막겠다고?

이미 중국은 석탄 소비만으로 미국과 거의 같은 양의 탄소를 배출하고 있다. 중국이 발전
하면, 이 배출량은 더 늘어날 것이다. 그러나 이 잠재적 위협 때문에 중국과 같은 개발도
상국가들의 발전을 가로막겠다는 것은 지나치게 이기적인 발상이 아닐까. 지구온난화를
외치고 있는 서구 선진국들은 이미 잘살고, 대안을 마련할 여유도 있다. 그렇다면 자신들
부터 솔선수범해야 옳지 않은가. 더군다나 개발도상국 국민 1인당 탄소 배출량은 미국인
의 12분의 1에 불과하다.

축에 발벗고 나서는 이유는 반드시 생태적인 것이 아니다. 그것이 정치적·경제적으로 자국의 이익에 도움이 되기 때문이다. 기후 변화 저지는 다른 나라, 다른 곳에서 일어나는 일을 계속해서 통제하기 위해 서구 선진국들이 내건 구실일 뿐이다. 이는 이 소수의 혜택받은 나라 정상들이 모여서 벌이는 회담 내용에서도 충분히 드러난다. 회담 때마다 온실효과 예방은 선진 세계의 오염을 줄이는 일인 동시에, 더 중요하게는 제3세계의 에너지 소비를 제한하여 그 발전을 억누르는 일이라는 사실이 확인된다.

정치적 패권을 둘러싼 선진국들의 뻔뻔스러운 태도는 완전히 비현실적이다. 이에 대해 개발도상국가들은, 일부 나라가 세계 인구의 대부분을 통제하려는 것은 말도 안 된다고 반발하고 있다.

특히 서양 제국주의에 맞서 새로운 형태의 저항을 펼치고 있는 중국은, 환경을 지키는 일이 에너지 개발과 발전에 제동을 거는 일이 되어서는 안 된다고 강변하고 있다. 비록 중국이 소비하는 막대한 양의 석탄에 황이 다량 섞여 있고, 천연 방사선 입자들이 함유돼 있다 하더라도 말이다. 사실 석탄을 이용한 전기 생산 방식은, 더우기 중국 같은 거대한 나라에서 이 방식을 고집한다면, 지구 대기 전체의 방사능 함유율을 10퍼센트 이상 증가시키고, 이산화황의 농도도 다시 상승시킬 수 있다. 문제는 아무리 선진국들이 뜯어말려도 이 대국의 태도를 바꿀 수 없다는 것이다. 더우기 중국에 매장된 '오염원'을 개발하는 데에는 큰 비용이 들어가지 않아서, 앞으로 최소 100년 동안은 이 나라가 에너지 자율성을 유지하는 데 문제가 없어 보인다.

이미 중국은 석탄 소비만으로 대기 중에 미국과 거의 같은 양의 탄소를 배출하고 있다. 앞으로 40~50년 후, 중국의 생활수준이 서양 선진국 수준으로 향상되면 중국이 배출하는 탄소량도 그만큼 증가할 거라는 점은 피할 수 없는 현실로 보인다. 그렇다고 생활수준을 높이지 말라고 할 수는 없는 노릇이다.

이 불가피한 오염은 중국에서만 나타나는 것이 아니다. 브라질이나 인도 같은 나라의 폭발적인 인구 성장률을 감안할 때, 지구 인구는 50년 후 100~120억 명으로 늘어날 전망이다. 세계의 인구 팽창이 온실가스를 만들어내는 화석에너지의 소비를 급증시키리란 것은 불 보듯 뻔한 일이다.

그러나 현재, 소위 개발도상국가들의 국민 한 사람이 매년 만들어내는 탄소량은 0.5톤에 불과하다. 매년 미국인 한 명이 6톤의 탄소를 만들어내는 것에 비하면, 이는 소박한 수치다. 현재 매년 지구상에서 배출되는 탄소량 223억 톤 가운데 세계경제협력기구(OECD) 30개 회원국들의 배출량이 3분의 2 이상을 차지한다.

미국은 알고 있다, 아직 위험하지 않다는 걸…

 기후 변화에 관한 정부간 패널, IPCC는 북극 빙하가 2070년에는 모두 녹아내릴 것이라고 경고하고, 2050년까지 각국이 국민 1인당 온실가스 배출량을 감소하는 데 힘써야 한다고 했다. 그러나 IPCC를 과학적·재정적으로 후원하고 있는 선진국들이 오히려 이 권고를 무시하고 있다. 공식적인 선언이 어떻든 간에, 아직까지 어떤 선진국도 「교토의정서Kyoto Protocol」 협약들을 지키지 않고 있다. 1997년 온실가스 감축을 위해 일본 교토에서 채택된 「교토의정서」는 2010년까지 1990년 수준으로 대기 중 탄소 배출량을 줄이는 것을 목표로 삼고 있다. 그러나 세계 이산화탄소 배출량 1위 국가인 미국은 공공연히 이 협약이 자국의 개발을 지나치게 구속한다고 여기고 있고, 러시아 역시 판단을 유보하고 있다.〔2001년 미국의 탈퇴로 의정서 발효가 불투명했으나, 2004년 10월 러시아가 비준에 참가해 극적으로 발효 조건을 갖추게 됐다.〕 미국이 「교토의정서」 비준에 참가하지 않은 공식적인 이유는 '기술적인' 문제이다. 온실가스 배출량을 어느 정도까지 줄일 수 있는지 알 수 없는 상태에서 명확한 수치로 약속을 하는 건 불가능하다는 것이다!

 아주 편리한 입장 표명이 아닐 수 없다. 감축 가능한 수준을 알지 못한다는 구실로, 지구 환경을 지키는 데 앞장서겠다고 약속해놓고도 슬그머니 발을 뺐을 뿐만 아니라, 계속 오염을 저지르고 있으니 말이다. 그러면서 다른 나라들한테는 온실가스 감축을 권유하고 있다.

「교토의정서」 비준과 관련하여 미국이 보인 태도는 솔직하다는 장점은 있다. 미국 정치인들은 실질적인 기후 변화가 현재 자국민들이 누리고 있는, 지구상에서 가장 안락한 삶의 조건을 위협하리라는 사실을 잘 알고 있다. 기후 변화로 삶의 조건이 변하면, 분명 미국인들은 현재 이미 혹독한 기후 조건에 노출돼 있는 다른 나라 사람들보다 이 변화에 잘 적응하지 못할 것이다.

기후 변화에 대한 미국의 정책은 대략 이렇게 요약된다.

- 상황을 예의 주시하는 것에는 동의함.
- 만일 위협이 실질적인 것이 되면, 즉각 행동할 태세를 갖추는 것에 동의함.
- 에너지 절약에는 동의함.
- 그러나 우리에게 닥칠 일을 정확하게 알기까지는 국가 발전을 저해하는 최소한의 조치도 취할 수 없음.

역설적으로 만약 미국의 조지 부시 대통령이 기후 변화를 두려워하지 않는다면, 그건 분명히 아직까지 큰 위험이 없다는 사

부시는 알고 있다. 아직 위험하지 않다는 걸…

온실가스 감축을 목표로 2005년 2월 16일 발효된 「교토의정서」에서 세계 이산화탄소 배출량 1위 국가인 미국은 빠졌다. 배출량을 어느 정도까지 줄일 수 있을지 알 수 없기 때문이라나. 그러면서 다른 나라들에게는 온실가스 감축을 권하고 있다.

미국의 태도는 이렇게 간추릴 수 있다. 실제 위협이 닥칠지 → 상황을 예의 주시하며 → 오염을 계속 저지르겠다.

이걸로 봐서 미국은 지구온난화가 아직 위험한 수준이 아니라는 사실을 알고 있다!

실을 알고 있다는 증거이다. IPCC의 권고를 따르지 않는 것이
그 확실한 증거일 수 있다. IPCC가 기술적·과학적으로 무한한
잠재력을 지녔다면, 미국이 왜 이 기구의 날개를 자르겠는가?

내 식대로 교토의정서

1970년대 영국의 '철의 여인'이 만들어낸 기후와 경제를 연관시
킨 극단적 비관론 이후로, 온실효과를 설명하는 이중 언어는 세계
를 지배하는 '왕족들'의 의무나 다름없이 되었다. 단순한 민중 선
동책으로, 혹은 장기적인 국제 전략이라는 이름으로, 산업화된 국
가의 책임자들은 유엔에서 탄생한 '기후 사상'의 대변인들이 되었
다. 이제 선진국 정상이라고 하면, 으레 엄숙하고 진지한 태도로
기후 걱정을 늘어놓는다. 「교토의정서」가 발효되더라도, 온실가
스를 줄이는 어떠한 구체적인 실천도 하지 않기로 서로 약속해놓
고 어떻게 그런 연설들을 할 수 있는지 놀라울 따름이다.

「교토의정서」와 관련하여 환경보다 개발이 우선인 제3세계
국가들의 딜레마는 충분히 이해할 수 있다. 그러나 서구 선진국
의 미적거리는 태도는 어떤 이유로든 정당화되기 어렵다. 일부
선진국들의 태도는 치사해 보이기까지 한다. 유럽에게 기후 위협
은 대미 경제 투쟁의 유용한 무기가 되었다. 상층 대기의 오염

문제를 상기할 때마다, 이 위협의 근원지로 언제나 북아메리카가 떠오르기 때문이다.

실제로 북아메리카의 에너지 생산과 소비 시스템은 대부분 환경 의식이 전무하던 시절에 개발되었다. 한 마디로, 미국의 노후한 전기 배급 시스템과 탄화수소를 많이 배출하는 미국산 자동차 모터들은 유럽의 것보다 못하다. 지구 환경을 위해 유럽의 기술을 활용하라고 워싱턴을 부추기는 일은 다소 정치적 부담은 따르지만, 유럽의 테크놀로지가 미국의 것보다 더 현대적이고, 오염도 덜 일으키며, 따라서 경제적으로 훨씬 더 경쟁력 있다는 사실을 강조하는 효율적인 방법이다.

이처럼 기후 협약의 진정한 목적은 각국의 이해관계 속에서 부차적인 것으로 전락했다. 그나마 이 씁쓸한 기분을 달래주는 것은, 온실효과의 위협 앞에서 느긋한 태도를 보이는 선진국 정상들의 표정으로 보건대 적어도 당장은 큰 위험이 없을 거라는 점이다.

맞서 싸우지 말고, 맞춰 갈 순 없을까

당장 큰 위험이 있건 없건 간에, 인류가 환경 오염의 주범으로 거론되는 데에는 다 그럴 만한 이유가 있다. 오늘날 오로지 '더 많이 만들고 쓰자'는 것을 목표로 내달리고 있는 60억 인류의 생활

태도가 지구 환경에 어떤 식으로든 영향을 끼치고 있기 때문이다.

현재 대기의 구성 성분이 변하고 있다는 것 역시 부정할 수 없는 사실이다. 또 이를 바꾸기 위해 우리가 아무것도 할 수 없거나, 혹은 할 수 있는 것이 거의 없다는 것 역시 분명하다.

그렇다면 이 문제에 대한 우리의 접근 방식을 180도 바꾼다면 어떨까? 온실효과에 맞서서 '싸우는 척'하는 대신, 온실효과에 '적응하는' 좋은 방법들을 찾는다면?

이에 앞서서 동의해야 할 사실은, 지금까지 얘기해온 대로 "대기 중의 탄소는 독약이 아니며, 탄소량이 늘어난다고 해도 자연이 어떻게 반응할지는 아무도 모른다."는 것이다. 이러한 자연의 변화는 인류가 인류의 발전 계획 안에 통합해 넣어야 할 새로운 구성 요소이다. 우리의 인식이 이렇게 변하면, 선진국 국가원수들도 현재의 대규모 선동책에서 벗어나 다른 대안을 마련하기 위해 노력할 것이다. 결국 불확실한 온실효과에 맞서기보다는, 함께 맞춰 가는 것이 정치적으로 '올바른' 일이기 때문이다.

물론 이 '기후 실용주의'와 대기 중 가스 배출량 연구는 별개의 문제이다. 다만 그 비율과 감축 방법 등에서 지금과 같은 비현실적인 연구 방향은 누구나 받아들일 수 있는 현실적인 쪽으로 바뀌어야 한다.

친환경 '대중 에너지'를 개발하자

우선, 서구 선진국은 오염이 적은 대중적인 에너지 개발과 생산에 힘써야 한다. 가까운 미래에 세계가 불가피하게 의존해야 할 에너지는 원자핵이다. 원자핵은 생산과 소비 과정에서 대기 중에 어떤 온실효과 물질도 배출하지 않는 에너지원이다. 유럽 선진국들 가운데 대기 오염 문제에 가장 느긋한 태도를 보이는 나라는 프랑스인데, 그 이유는 프랑스가 총 전기 생산량의 80퍼센트를 원자핵에서 끌어내고 있기 때문이다.

만일 유럽 각국이 원자력 발전을 중단하고 모든 에너지를 화석 연료에서 끌어다 쓴다면, 매년 대기 중에는 3억 톤의 탄소가 더 배출될 것이다. 다만 원자핵도 환경 문제에서 완전히 자유롭지 못한데, 원자핵의 문제는 대기 중이 아니라 땅속에 있다. 원자력 에너지 생산 과정에서 나오는, 수명이 대단히 긴 핵쓰레기들을 어떻게 관리 혹은 처리해야 한단 말인가. 불행히도 정치인들은 이 분야 연구에 관심을 기울이지 않고 있으며, 심지어 생태학자들조차 돌아가는 형세만 관망하고 있다.

최근 프랑스는 '대기를 위한 계획'을 대대적으로 추진하겠다고 발표했다. 10년 전부터 본격적인 개발을 차일피일 미루고 있는 프랑스·독일 합작 신세대 핵원자로인 'EPR'(European Pressurized Water Reactor : 유럽형 가압수형로)을 상업적으로 개발하고, 그 시장을 촉진시키겠다는 것이다. 그렇게 되면 프랑스와 독일 양국은 막대한 규모의 고용 창출과 최첨단 기술 개발이라는 단기적 성과 외에, 유럽의 전기 생산 방식 전체를 바꿀 수도 있는 어마어마한 사업의 주도국으로서 그에 상응하는 경제적 이익을 얻을 것이다.

이제 유럽 선진국을 포함한 산업국가들은 '자연 에너지'와 관련한 위선적인 술책을 끝내야 한다. 태양열이나 풍력 에너지는 주거지가 상당히 분산된 지역에서나 활용 가능한 방식이라는 점을 인정해야 한다. 그런 지역에서는 원자핵 같은 대중적인 에너지 생산 설비를 건설할 필요가 없다.

문제는 몇 백 명이 모여 사는 작은 마을이 아니라, 대도시 혹은 산업 시설에 필요한 에너지를 어떻게 생산하는가이다. 만약 대도시에서 태양열이나 지열, 풍력 같은 에너지를 사용한다고 하면, 두 가지 치명적인 문제에 부딪힐 것이다. 하나는 충분한 양의 에너지를 얻기 어렵다는 점이고, 다른 하나는 기존 생산 방식에 비해 비용이 많이 든다는 점이다. 저렴한 비용으로 전기를 생산해야 하는 개발도상국가들은 아예 친환경 에너지 쪽에서 고개를 돌려버릴 수 있다.

서구 선진국들이 우려하듯 금세기에 제3세계가 대기 오염의 주범이 되는 것을 막고자 한다면, 가만히 앉아서 온실효과를 비판만 할 것이 아니라, 지구의 나머지 지역들이 재정적·기술적으로 발전할 수 있도록 도와야 한다.

결국은 원자핵이 현실적인 대안일 수밖에 없다. 생산성이나 수익성 면에서 가장 대중적이기 때문이다. 현재 산업 분야별 온실가스 배출량을 살펴보면, 교통수단은 전체 배출량의 20퍼센트, 공업은 30퍼센트, 그리고 전기 형태의 에너지 생산과 보급 분야가 35퍼센트를 차지한다. 이는 온실가스 배출을 줄이려면 어떤 노력을 해야 하는지 보여준다. 앞으로 온실가스를 만들어낼 것은 전기에 대한 욕구인 것이다. 이런 상황에서 어느 누가 소위 화석화되지 않아서 재생할 수 있는, 온실가스를 만들어내지 않는 청정 에너지원이 대량 전기 생산을 담당할 것이라고 단언할 수 있겠는가? 덴마크 같은 '녹색 국가'도 풍력에서 끌어내는 전기량이 전체의 3퍼센트를 넘지 못하는 상황에서.

디젤 차가 환경을 살린다

정치인들은 국민들의 주머니를 뒤질 빌미를 다른 데서 찾을 게 아니라, 현실적으로 대기를 보호할 수 있는 방안을 마련하는 데 세금을 써야 한다. 현재 정치인들이 내놓는 환경 정책이란 것은 환경에 아무런 도움이 되지 않을 뿐 아니라, 오히려 문제의 본질을 이상한 방향으로 이끌어가고 있다. 현재 프랑스에서 태양열 온

수 개발에 할애하는 예산은 모두 얼마일까? 전기 에너지를 기계 에너지로 바꾸는 각종 전동기의 에너지 효율 개선 연구에 할당된 예산 총액은? 대답은 모두 우스운 수준이라는 것이다.

그 총액은 각각 연간 50만 유로[우리 돈으로 6억 원 정도]도 채 되지 않는다. 관련 기술자들은 한결같이 주택 지붕에 설치하는 태양열 온수기를 일반화하고, 에너지 효율이 개선된 전동기를 보급하면 대기 오염을 상당 부분 줄일 수 있을 것이라고 말한다. 프랑스만 해도, 이 두 가지를 다 실천하면 탄소 배출량을 연간 수백만 톤은 줄일 수 있을 것이다. 이는 고대 그리스 시인 아리스토파네스가 발견한 '제비 한 마리가 왔다고 해서 봄이 온 것은 아니다.'는 말만큼이나 사실 여부가 확인되지 않은, 단순히 지구온난화의 도래를 경고하는 것보다는 훨씬 더 환경에 유익한 결과를 가져올 것이다.

정치인들이 솔직해져야 할 부분은 또 있다. 가솔린보다 휘발성이 낮은 경유를 연료로 사용하는 디젤 엔진을 더 이상 '대기의 적'으로 규정하지 말아야 한다. 현재의 기술적 맥락에서는 디젤 엔진이 가장 환경 친화적이다. 자동차 제작사들이 만든 안내 책자에서 각 모델별로 밝혀놓은 이산화탄소 배출량을 비교해보라. 어느 경우든, 디젤 엔진이 이산화탄소를 가장 적게 배출한다.

독일 BMW 사가 영국의 로버Rover 그룹과 단절한 후 새로 내놓은 소형차 '미니Mini'를 예로 들어보자. 1960년대부터 젊음과 해방의 상징이 된 미니는, 21세기로 접어든 뒤 다시 '미래의 자동차'로 그 컨셉을 바꿨다. 미니의 모터는 버전과 상관없이 모두 2010년 기준 오염 방지 규범에 부합하도록 만들었다. 미니에 장착된 디젤 엔진의 장점은 구체적으로 계산할 수 있다. 휘발유 자동차가 주행 킬로미터당 160그램의 이산화탄소를 배출하는 반면, D버전 미니의 이산화탄소 배출량은 20그램에 불과하다.

따라서 진정 환경을 생각한다면, 현재의 정책과는 정반대로 디젤 엔진 차량의 세금을 감면해야 한다. 그러나 불행히도 그럴 가능성은 낮다. 정치인들이 진정 염려하는 것은 온실효과가 아니라, 국가 수입이기 때문이다. 그들은 휘발유 가격에 맞춰, 디젤 엔진의 연료인 경유 요금도 인상한다는 생각에 사로잡혀 있다.

같은 맥락에서, 우리가 주목해야 할 연료가 바로 '바이오디젤 Bio-Diesel'이다. 유채씨로 만드는 바이오디젤은 현재까지 개발된 연료 중 가장 친환경적인 '녹색 연료'로 알려져 있다. 현재 디젤 연료 소비량 중 바이오디젤이 차지하는 비율은 5퍼센트에 불과한데, 이를 적어도 30퍼센트까지는 끌어올려야 한다. 바이오디젤의 생산은 대기 오염 개선에 기여할 뿐만 아니라, 무수한 고용을 창출하여 위기에 처한 농민들의 어려움도 해소해줄 것이다.

그러나 이 녹색 연료가 시장에서 경쟁력을 확보하려면, 현재

디젤 자동차가 오염이 더 적다

독일 BMW 사가 새롭게 내놓은 소형 디젤 차 '미니'는 2010년 기준 오염 방지 규범을 따르고 있다. 일반적으로 디젤 차가 휘발유 차보다 환경을 더 오염시키는 걸로 알고 있지만, 사실은 정반대이다. 휘발유 차는 킬로미터당 160그램의 이산화탄소를 배출하는 반면, 디젤 미니의 이산화탄소 배출량은 20그램에 불과하다. 그런데 왜 정부에선 디젤 차의 세금을 계속 올리는 걸까?

너무 높게 책정돼 있는 세금을 감면해야 한다. 유일한 문제점인 높은 가격 때문에 프랑스에서는 바이오디젤 생산량이 연간 35만 톤에 불과하지만, 유럽에서는 매년 그 소비량이 급증하고 있다. 심지어 바티칸도 이제는 바이오디젤로 난방을 하고 있다!

식물을 활용해서 '탄소 우물' 만들자

우리 머리 위에 이산화탄소가 쌓이는 것을 막으려면, 가만히 앉아서 관망하는 소극적인 자세를 버려야 한다. 대기 중의 탄소 순환이 불균형하다면, 그 과정에 개입하여 불균형을 개선할 궁리를 해야 한다. 그럼 어떻게? 과학자들이 '탄소 우물'이라고 부르는 것을 만들면 된다. 탄소 우물이란 식물의 광합성 작용을 이용하여, 대기 중에 과도하게 함유된 탄소를 최대한 빨리 지구로 귀환시키는 데 사용하는 일종의 '식물 올가미'다.

이는 공상이 아니라 지극히 현실적인 방법이다. 1헥타르의 열대 숲은 120여 톤의 탄소를 저장하고 있다. 온난한 지역의 숲은 같은 원리로 1헥타르당 150톤의 탄소를 저장한다. 만일 이 숲에서 베어낸 나무로 건물을 짓는다면, 대기 상층부를 오염시키는 온실가스를 수십에서 수백 년간 움직이지 못하도록 묶어두는 셈이다. 이 건물에 불이 나서 불탄 목재가 이산화탄소로 다시 바꿔

지 않는 한 말이다.

이제 중세 때의 산림 면적을 되찾은 프랑스는, 삼림 유산을 재구성하고 관리하는 것만으로 전국에서 배출되는 총 탄소량의 20퍼센트 이상을 지구상에 묶어두고 있다. 이와 관련하여 농업 분야의 생태 조절 역할은 탁월하다. 밀이나 옥수수는 헥타르당 탄소 저장량이 나무 숲의 4배가 넘기 때문이다. 암소들이 풀을 뜯을 수 있도록 잘 손질된 평범한 들판 역시 헥타르당 200톤 가량의 탄소 우물을 이룬다.

이렇게 지극히 자연스러운 방법으로 탄소를 얼마나 저장할 수 있는지 알아내기 위해, 세계 도처에서 이미 다양한 기술적·사회경제학적 연구들이 진행되고 있다. 단순히 전략적 차원으로만 평가되던 이 연구들은 이제 경작 농지 면적의 증대, 숲의 재식림과 녹색 공간 창출, 건축 분야에서 목재의 폭넓은 활용 등 구체적이며 실효성 높은 실천 방안들을 내놓고 있다.

전문가들은 세계 도처에서 추진된 숲 조성 사업과 농업 활성화 정책이, 식물을 통한 탄소 저장량을 지금의 2배까지 끌어올릴 것이라고 입을 모은다.

화산 폭발하면 대기 온도 떨어져

받아들이기 어렵겠지만, 이런 가능성도 있다. 우리의 예상과 달리, 대기 중 탄산가스의 누적이 인간의 미래에 유리하게 작용할 수도 있다는……

미국에서 나온 연구 자료들을 보면, 대기 전체의 온도가 3도 상승하면 농업 생산고는 20~25퍼센트 증가한다고 한다. 매 10초마다 어린아이 한 명이 굶어죽는 서글픈 지구촌의 현실과, 앞으로 50년 뒤에는 세계 인구가 지금의 2배로 늘어날 거라는 관점에서, 이 농업 생산량의 증대 전망은 대기 상층부의 이산화탄소 축적이 가져다준 첫 희소식일 것이다.

그 다음 희소식은 화산의 분화 활동과 관련이 있다. 현재 지구상에는 셀 수 없이 많은 활화산이 존재하는데, 화산이 폭발하면 대기의 기온이 떨어진다. 따라서 앞으로 대규모 화산 분화가 일어나면, 온실효과가 지니는 가치는 지금과 사뭇 달라질 수 있다.

실제로 지금으로부터 20여 년 전에 일어난 멕시코 엘치촌 화산이나 미국 헬렌 산의 대규모 화산 폭발은 우리에게 분명한 경고 메시지를 남겼다. 이들 화산은 분화 과정에서 유황질 먼지와 가스를 고도 3천 미터 높이까지 토해냈는데, 이로 인해 해당 지역이 받는 태양열은 눈에 띌 정도로 감소했다. 하늘로 분출했다가 다시 지면에 떨어지기 전, 대기 중에서 3년 이상 머무는 유황

질가스 때문이었다. 그리하여 이 두 차례의 분화 활동 이후로 1984~1986년 사이에 이 지역의 대기 온도는 매년 0.5도 정도씩 떨어졌다.

온난화의 강박관념 속에 일어난 이 대기 냉각 현상을, 일반 대중은 물론이고 기후 관계자들조차 무심코 간과했다. 그러나 일부 호기심 많은 기후학자들은 고문서 자료실로 달려갔다. 19세기 인도네시아에서 일어난 두 화산의 대규모 분출 이후, 대기 중에 어떤 변화가 생겼는지 찾아보기 위해서였다.

하나는 1815년에 일어난 탐보라 화산 분출이었고, 또 하나는 1883년 크라카토아 화산 분출이었다. 이 화산들의 분출 이후 몇 년 동안 지구 도처의 기온이 조금씩 하락했다는 것은 분명했다. 두 화산이 폭발할 때 대기 상층부에까지 토해낸 약 100억 톤의 먼지와 3억 톤의 황산은, 19세기 중반 이후까지 지구 북반구 전체에서 느껴진 서늘한 기온 현상과 무관하지 않아 보였다.

비록 정확히 계산하기는 어렵지만, 1815년 탐보라 화산 폭발 이후 대기의 전체 기온은 0.5도쯤 하락했다. 탐보라 같은 대규모 화산이 단 한 차례 폭발하기만 해도, 지난 100년간의 기온 상승치[0.6도]가 완전히 상쇄될 수 있는 것이다. 앞으로 몇 십 년 안에 거대한 화산이 다시 잠에서 깨어나기라도 한다면, 우리는 대기 온도의 전반적인 하락 현상을 목격할 수도 있다. 만일 그렇게 되면, 하락 정도가 아니라 소빙하기 때 같은 강렬한 혹한기가 찾아올 수도 있다고 한다.

이 밖에도 화산과 대기 온도의 연관성을 추정하게 하는 사례는 많이 있다. 1783년 6월 폭발한 아일랜드의 라키 화산은 이후 거의 1년간 그 트림을 이어갔다. 이때 배출된 물질들이 당시 유럽 대부분의 지역에 닥친 강한 냉각 현상의 원인이 되었을 가능성이 있다.

지금으로부터 6,700만 년 전 일어난 공룡의 멸종을 설명할 때에도 항상 대규모 화산 폭발 가능성이 거론된다. 당시 화산 폭발 때 배출된 가스와 먼지는 지구가 이후 수십 년간 받는 태양열량을 절반으로 줄일 수 있는 규모였을 것으로 추정된다. 이후 빙하기가 이어지다가, 몇 세기 후에야 지구의 전체 기후는 본래 상태로 돌아왔을 것이다. 대형 운석 충돌 시나리오 역시, 이 운석 충돌로 엄청난 양의 먼지가 대기 중에 흩뿌려진 뒤 비슷한 냉각기가 찾아왔다는 내용이다.

지구가 추워진다!

이렇게 멀리 거슬러 올라가지 않고도 지난 200만 년 동안의 기후 변화를 검토해보면, 적어도 지질학적인 차원에서는 온난화

화산이 폭발하면 대기 기온이 떨어진다?

1883년 크라카토아 화산 분출과, 19세기 지구 북반구에서 감지된 서늘한 기온 현상은 어떤 연관이 있을까. 대규모 화산이 폭발할 때 배출되는 가스와 먼지는 이후 수십 년간 지구가 받는 태양열 양을 절반으로 줄일 수 있을 만큼, 지구 기후에 큰 영향을 미친다. 공룡도 대규모 화산 폭발 이후 찾아온 빙하기 때문에 멸종했을 가능성이 있다. 큰 화산이 한 차례만 폭발해도 대기 전체 기온이 0.5도 하락한다면, 우리가 걱정할 일은 온난화가 아니라 '한랭화' 아닐까?

위험을 잊게 만드는 사실들이 있다. 앞으로 우리는 따뜻해지는 것보다 오히려 추워지는 것을 걱정해야 할 수도 있다. 수천 년 뒤에는 지구상에 새로운 빙하시대가 시작될 것이 거의 확실하기 때문이다. 과거 지구가 겪은 냉각기는 일단 시작되면 최소한 10만 년씩은 이어졌으나, 200만 년 전부터 관찰된 간빙기의 온난한 시기는 1만 5천~2만 년 이상 지속된 적이 없다. 그런데 다시 책머리로 돌아가보면, 현재 우리가 속해 있는 온난한 기후는 약 1만 8,000년 전에 시작되었다!

결코 즐거운 상상이 아니다. 빙하기가 돌아온다면, 지금까지 우리가 들인 모든 노력이 수포로 돌아간다. 해수면의 하락이 미국 대륙 북부의 절반 정도까지 확대되어 지형을 바꿔놓을 것이고, 네덜란드를 큰 빙하덩어리로 만들어버릴 두께 4천 미터짜리 얼음막이 온 유럽을 뒤덮을 것이다.

이와 관련하여, 우리가 잊고 있는 역사적 사실이 한 가지 있다. 그때까지 어느 누구도 온실효과를 생각하지 못하고 있던 1970년대에, 미국의 지미 카터 대통령은, 당시 과학자들이 매우 임박했다고 경고한 '세계 한랭화' 관점을 받아들여, 전세계가 단결하여 이 문제를 연구해보자고, 유엔에 엄숙히 호소했다…….

여러 가지 확신 혹은 의혹을 안고 떠났던 '대기 여행'에서, 우리는 끝도 없는 역설들만을 안고 돌아왔다. 대기 중 이산화탄소 축적을 타개할 방법을 찾아내기는커녕, 언젠가 인류를 구하기 위해 온실효과를 증폭시킬 수 있도록 온실가스를 농축해놓는 방법을 생각해내야 할지도 모른다. 빙하시대에서 우리를 구해줄 '온난화' 방패는 무엇일까?

공포의 기후 *Climat de panique*, Yves Lenoir, Favre, 2002.

어제의 기후에서 오늘의 기후까지 *Climats d'hier à demain*, Sylvie Jousseaume, CNRS Editions, 1999.

구름의 무게는 얼마인가? *Combien pèse un nuage?*, Jean-Pierre Chalon, EDP Sciences, collection Bulles de science, 2003.

온실효과 : 21세기의 과학인가, 종교인가? *Effet de serre : science, ou religion du XXIe siècle?*, François Ploye, Naturellement, 2000.

에너지, 지구의 도전 *Energie, un défi planétaire*, Benjamin Dess us, Belin, 1999.

지구의 궂은 날씨 *Gros temps sur la planète*, Jean Claude Duplessy et Pierre Morel, Odile Jacob, 1990.

기후의 역사 *Histoire du climat*, Pascal Acot, Perrin, collection Pour l'histoire.

천 년 전부터의 기후의 역사 *Histoire du climat depuis l'an mil*, Emmanuel Leroy-Ladurie, Flammarion, 1967, réédition en 1983.

중세의 산업혁명 *La révolution industrielle du Moyen Age*, Jean Guimpel, Le Seuil, 1975.

그림자 무기 *Les armes de l'ombre*, Marc Filterman, Carnot, 2002.

하늘의 물 *Les eaux du ciel*, Robert Kandel, Hachette, 1998.

온실효과 *L'effet de serre*, Hervé le Treut et Jean-Marc Jancovici,

Flammarion, Collection Dominos, 2001.

최근 날씨의 변화 : 그런데 만일 우리가 착각한 거라면? *L'évolution récente du temps : et si on se trompait?*, R. Vivian, Compte rendu du collocque Catastrophes naturelles de la Société Hydrotechnique de France, 2000.

바다 *Les océans*, Jean-François Minster, Flammarion, Collection Dominos, 1995.

변화의 소론 *Petit traité de l'évolution*, Ian Tattersall, Fayard, collection le temps des sciences, 2003.

저녁의 붉은빛 *Rouge du soir...*, Chafi Djavani, Christian, 1990.

프랑스 대기 오염 연구 전문 기술 센터 | www.citepa.org

프랑스 국립과학연구원 CNRS | www.cnrs.fr/dossiers/dosclim

기후변화에 관한 정부간 패널 | www.ipcc.ch

프랑스 국립농업시험소 | www.inra.fr

프랑스 개발 연구소 | www.ird.fr

이스라엘 바이스만 연구소 | www.weismann.ac.il / www.eurekalert.org

프랑스 온실효과에 대한 각부 상호간 임무 | www.effet-de-serre.gouv.fr

미국 항공우주국 | www.nasa.gov

영국 과학 전문 주간지 《네이처》 | www.nature.com/nature

세계기상기구(WMO) | www.wmo.ch

유엔환경계획 | www.uenp.org

과학프로젝트에 관한 유용한 사이트 링크 | www.sciencemag.org

기후변화에 관한 국제협약 | www.unfccc.org

사막에 펭귄이 허풍도 심하시네

2005년 7월 29일 초판 1쇄 발행
2012년 10월 5일   4쇄 발행

지은이 | 장 폴 크루아제
옮긴이 | 문신원
펴낸이 | 노경인

펴낸곳 | 도서출판 앨피
출판등록 | 2004년 11월 23일 제318-31300002510020040002272호
주소 | 우)120-842 서울시 영등포구 양평동 2가 양평빌딩 406-1호
전화 | (02)336-2776   팩스 | 0505-115-0525

ⓒ 앨피

ISBN 89-956462-5-X